新編　日本中国戦争

怒濤の世紀

第一部　中国異変

森　詠
Mori Ei

文芸社文庫

戦争とは
互いを知らない者同士の殺し合いであり
それを利するのは
互いを知りながら殺し合わない者たちである

ポール・ヴァレリー

まえがき

日中再戦不可なり。

日本は中国と二度と再び矛を交えるようなことをしてはならない。

私は自衛隊を愛してやまない一人である。

その自衛隊の若者たちを戦場に送り、血を流させたくない。

自衛隊員に人を殺させたくない。そしてまた自衛隊員が殺されるような状況に向かわせたくない。

もし、どこかの国が攻めてきたら、政府の命令で、自衛隊は国民や国土を守るために、盾や矛になろうと出動するであろう。それが彼ら自衛隊の本務である。

しかし、そうした戦争のような事態は、日本政府があらゆる外交手段を尽くしても、どうしても平和が保てず、自衛の手段を取らざるを得ない場合である。

国家間の問題を戦争や暴力という手段で解決しようとしてはならない。それが平和憲法の精神である。

自衛隊は見かけこそ「軍隊」のように見えるが、他国の軍隊とは決定的に違う点がある。自衛隊は敵と戦う訓練はするが、隊員を非人間的な戦闘員に仕立てないところだ。

あくまで攻められた時にどう対処し、国土や国民を防衛するか、そのための訓練をしているのだ。

その意味では、自衛隊員は他国の軍隊の兵士に比べ、人を殺す意識や戦闘意欲が低いといわれるかもしれない。

その代わり、自衛隊には乱に入っても慌てることがない武士、サムライの魂がある。サムライは刀という人殺しの武器（武力）を所持しながら、ぎりぎりまで刀を抜かずに我慢する。やたらに武力を行使しない。

サムライは刀を抜かないことで、つまり戦わずして相手を威圧し、相手に武力攻撃を思い止まらせる。

それでも相手が武力を行使して攻めて来たら、止むを得ず刀を使っ（武力を行使して防衛する。その時、自衛隊は死をも恐れずに犠牲的精神を払って戦うであろう。日頃から自衛隊はその気構えを持っている。だから、自衛隊は士気が高く、世界からも尊敬されているのだ。

自衛隊の存在意義は、サムライの精神に基づく徹底した武力の自制にある。

自衛隊は、徹底した専守防衛を旨として鍛練して来た武人の集団なのである。くりかえしになるが、そこが他国の軍隊と一線を画した違いなのだ。

自衛隊が単に武力だけを誇る組織ではないことは、2011年3・11の東日本大震災と「福島原発災」での救援活動では、その組織力と機動力を遺憾無く発揮した。いまや自衛隊は国民に尊敬され、大多数の支持を得ているといえよう。総員約25万人しかいない自衛隊は、火力や戦力の面でも、アメリカ軍やロシア軍、中国軍に比べれば、圧倒的に小さな軍事力である。自衛隊は創設以来、平和憲法の下、七十年間戦場に出て一発も銃を撃っていない。これは日本が、世界に胸を張って誇るべきことである。これは国是として不戦の誓いがあったからであり、自衛隊は平和憲法第9条によって守られて来たからである。

にもかかわらず、自衛隊が精強なのは、かつての武士のように鍛練に鍛練を重ね、精神的にも肉体的にも、いつでも死地に行って戦う覚悟と備えをしているからだ。かつて日本は大勢の若者を戦争の消耗品にした。人間は消耗品ではない。一人ひとりかけがえのない貴重な命である。日本は、人間を消耗品扱いにする大東亜戦争のような戦争を二度と再びくりかえしてはならない。

日米同盟を強化するのはいいが、解釈改憲をしてまで、闇雲に集団的自衛権の行使を正当化し、自衛隊をアメリカの要請に応じて、世界のどこにでも派遣するようなことはしてはいけない。

自衛隊はアメリカ軍の下僕ではないし、傭兵でもない。あくまで日本自衛隊はアメリカ軍と対等の関係にあり、日本を護るのが主たる任務である。

本書『怒濤の世紀』は、決して日本と中国や他国との戦争を煽る物語ではない。日本政府が憲法第9条を解釈改悪までして、日本を戦争が出来る国にしたら、いかなる未来の世界が私たちを待ち受けているのか。

それをシュミレートした警告の書である。このような世界になってほしくない、それが筆者の切なる願いである。

著者

2015年夏

目次

●第一編　迫り来る危機　第一部　中国異変

プロローグ

総理執務室　２０２１年６月27日

『総理、至急にご報告したいことが』

電話は日本の国家安全保障局（ＮＳＡ）の松元誠治長官からだった。

浜崎茂首相は、受話器を耳にあて、執務室の肘掛け椅子から身を乗り出した。

「また何か、起こったのかね」

浜崎首相はため息をついた。

アメリカのハワード・シンプソン大統領が日本の頭越しに、中国を電撃的に訪問し、周金平国家主席と緊急の首脳会談が行われたのは、一週間前だった。

日米同盟を信じ切っていた日本は、事前に知らされておらず、まったく寝耳に水のことだった。

正確にいえば、二時間前に、日本政府には通告があったが、知らされていないのも同然だった。

たった二時間で、どう対処できるというのか？

真珠湾奇襲攻撃のような奇襲外交ではないか・

これが長年信頼して来たアメリカのやり方なのか？

もっともかつて、ニクソン大統領の時にも、アメリカは日本には知らせず、密かに米中接近の交渉を重ね、突然、日本の頭越しに米中会談を行うと発表したことがある。

その時もアメリカ国務省から日本政府に通告があったのは、わずか二時間前だった。

いわゆるニクソン・ショックである。

今回も日本の外務省も、日本の国家安全保障局ＮＳＡも、極秘裏に米中が接触しているのをキャッチしていなかった。

寝耳に水の日本は衝撃を受けた。

日本は米国を信じ、忠実に米国に従っていたというのに、米国は自国の利益を優先し、日本を出し抜く格好で外交を進めていたのである。

国と国との外交では、国益を最優先に守るために、味方さえも裏切ることがある。

それが国際社会の常識だ。

敵も味方も信じるな。味方であっても、いつ裏切られるか分からない。反対に、交渉次第では、これまでの敵が味方になることもある。

そのことを米国は身をもって、日本に教えてくれた。

日米同盟を頭から信じ切り、日本はアジアにおけるアメリカの優等生だから、アメリカはいつも日本の味方をしてくれる。そう思うのは日本人の勝手で、アメリカ人には通用しない。お人よしな日本人。

突然の米中会談は、近年、緊張が高まっている南沙諸島、英語名スプラトリー諸島を巡る南シナ海の領有権争いを平和的に話し合おうというのが名目だが、本当のところは分からない。

いま国家安全保障局NSAに会談の内容が何だったのか、極秘裏に調べさせている。日米同盟は強固だというが、それはあくまで建前であり、いつ米国は裏切るか分からない、そのことを覚悟してかからねばならない。

ともあれ、この一週間、日本政府はてんやわんやの大騒動だった。そのショックも覚めやらぬのに、また何か起こったというのか？

「いったい、何事かね？」

『お目にかかってから申し上げます』

「分かった。すぐ来てくれ」

電話は盗聴されている可能性が高い。

アメリカのNSA（国家安全保障局）は、友好国や同盟国の首脳といえども盗聴を行っている。それを知っているのに、松元長官が電話で話すわけがない。

国家安全保障局（ＮＳＡ）長官が直々に報告に来るような事態というのは、日本の国家の安全に関わる危機についてであることはいうまでもない。

浜崎茂首相は執務室の肘掛け椅子の背凭れに軀を預け、パイプに火を点けた。

煙草が軀に悪いのは分かっている。主治医からは、なんどとなく、煙草を止めるようにいわれている。

だが、内外の国政を預かる最高責任者として受ける巨大なストレスから、少しでも逃れるためには、煙草が一番いい。

浜崎首相は「極秘」の赤い判が押された報告書の山を眺めた。

ドアにノックがあった。秘書官が顔を出した。

「総理、松元長官がお見えになりました」

「うむ。通してくれ」

秘書官の後からスーツ姿の白髪の男が現われ、しっかりした足取りで入って来た。

「総理、ご報告したいことが」

「うむ。ま、座ってくれたまえ」

浜崎首相は執務机の前の椅子に座るように促した。

「ありがとうございます」

松元長官は椅子に座った。

「長官、今度は、いったい、何が起こったというのかね？　また我が国抜きで、アメリカが動いたというのかね」

「北京で、昨夜、周金平国家主席を狙った爆弾事件が起こったようです」

松元長官は低い声でいった。

「なに？　それで周国家主席は？」

浜崎首相は息を飲んだ。

もし、中国のトップが暗殺されるようなことが起こったら、中国のみならず、日本も周辺アジア諸国も大混乱に見舞われる。中国と取引のある日本も、アメリカや欧州諸国も、大打撃を受ける。それを考えただけでも、浜崎首相は胃が痛くなった。

「周金平国家首席はどうやら助かったという報が流れていますが、まだ確認が取れていません。いま各方面に指令を出し、確認を取ろうとしています」

「どこから入った情報なのだ？」

「現地のアスカのエージェントが得たレベル３Ａの情報でしたので、一応、お耳に入れておいた方がいいかと」

アスカは、日本版モサドともいうべき秘密課報機関である。アスカは国家安全保障局ＮＳＡの下で、世界各地に諜報網を張り巡らしていた。

レベル３Ａは、アスカ要員が上げてくる情報の秘密度ランキング中、トップに位置している極秘情報である。

「これまでも、周国家主席暗殺未遂事件は、何度もあったと思うが、今回も…」

浜崎首相は、また偽情報ではないのか、という言葉を飲み込んだ。

「今回は爆弾事件の背後に、人民解放軍や武装警察の反周派の影が見え隠れしているという観測なので」

松元長官が手にしたファイルから、報告書の赤表紙の冊子を取り出した。

「総理、これをお読みください。中南海の最近の動向をまとめたものです」

「うむ」

浜崎首相は、老眼鏡を掛け、赤表紙の小冊子を手に取り、ページをめくった。

中南海は、北京指導部の要人が居住する地区の名称だ。紫禁城の西側にあって、中国政府や中国共産党本部もある。

細かい活字が並んでいる。活字がぼやけて見えた。

最近、拡大鏡なしに報告書を読むのが辛い。

「詳しくは、あとでゆっくりと読む。要点は、どういうことか、かいつまんで話してくれまいか」

「分かりました」

松元長官は笑みを浮かべ、ファイルから一枚のペーパーを取出して、浜崎首相の前に置いた。

箇条項目が並んでいる。報告の内容が理解しやすいようにとの配慮だった。

「人民解放軍の一部青年将校たちが、旧態依然の党中央や軍上層部に対して不満を抱いており、その不満はいつ爆発してもおかしくないほど臨界に達しているとのことです」

浜崎首相はレジュメを見ながら、顔をしかめた。

「人民解放軍の一部青年将校たちに不穏な動きがあるというのかね」

「はい。彼らがクーデターを起こす可能性が高まっています」

「青年将校の決起といえば、かつて昭和の時代に、二・二六事件を起こした旧帝国陸軍の青年将校たちを思い出すな」

浜崎首相はため息混じりにいった。

「はい」

「その青年将校たちとは、いったいどういう連中なのだ？」

「太子党で第四革命世代の軍事テクノクラートたちです」

太子党は中国解放戦争を戦った毛沢東をはじめとする革命指導者たちの息子や孫を指している。彼らは赤い特権階級だった。

「エージェントからの情報では、彼らは民族統一救国将校団という秘密結社の将校たちだとのことです」

　松元長官は声をひそめた。

「今回の爆弾事件も、彼らの仕業かも知れません」

「ふうむ」

「もし、彼らがクーデターを起こし、周金平国家主席が倒される事態になったら…」

「…ううむ」

　浜崎首相は腕組みをして、考え込んだ。

「民族統一救国将校団は、軍事政権を樹立するでしょう。そうなったら、南シナ海も東シナ海も、一挙に不安定になりましょう。沖縄や南沙諸島、台湾に戦火が広がるかもしれません。日本は存立危機事態に直面することになりかねません」

「中国との戦争になる、というのか？」

「最悪の場合、そうした事態を想定しておかねばなりません」

　浜崎首相は愕然とした。

「そうならないことを祈りますが」

　松元長官は静かな声でうなずいた。

　浜崎首相は机の上のインターフォンのスウィッチを押した。秘書官に命じた。

「官房長官を呼んでくれ。国家安全保障会議を招集する」

浜崎首相はがっくりと椅子に座り込んだ。

第一章

暑い六月

1

北京　6月27日　午前3時

電話が鳴り響いていた。南郷誉《なんごうほまれ》一等書記官はまどろみを破られ、仮眠用ベッドから手を伸ばした。暗がりでケータイを手探りした。

腕時計を見た。午前三時を過ぎたばかりだった。窓の外はまだ漆黒の闇に閉ざされていた。どこからか緊急車両のサイレンの音が聞こえていた。

『書記官ですね』

押し殺した低い声の日本語が耳に聞こえた。中年の男の声だった。

「ああ、私だが」

南郷は声を聞いただけで、相手が名乗らなくても誰かが分かった。

急いでサイドテーブルの照明を点けた。メモ用紙を引き寄せ、ボールペンを探した。

緊急連絡に違いない。そうでなければ、盗聴の危険を冒してまで、相手は電話を掛けて来るはずがない。

『…動き出しました』

「いつ？」

『一時間ほど前に』

受話器を耳に当てたまま、探り当てたボールペンを構えた。

「指令の内容は？」

『犬は吠ゆ、水声《すいせい》の中《うち》』

李白の詩の一節だ。南郷は思わず飛び起きた。万が一、緊急事態が発生した場合に使う暗号だった。

「本当か！　連中は、いったい何をしでかすつもりなんだ？」

『…』

電話が切れた。

電話の主が国家安全部に逆探知されるのを恐れたのか？

それとも、国家安全部が怪しい電話だと気付いて回線を遮断したのか？

南郷はケータイを置いた。カーテンの隙間から窓の外を窺った。北京の街は眠っている。大使館前の大通りは、時折ヘッドライトの光が過ぎるだけだった。

双眼鏡でまだ暗い街並を眺めた。

遠く街の屋根越しに見え隠れしている中南海の建物の屋根はひっそりと静まり返り、

外目に見る限りは、何の動きもない。

南郷は双眼鏡で大通りに向けた。

車のヘッドライトが通りを過っていく。

南郷は煙草を一本口に銜えた。ジッポライターの火をつけた。煙を吸い、気持ちを落ち着かせる。

日本の頭越しに行われた米中首脳会談が終了したのは、一週間ほど前だ。

中国は国を挙げて、ハワード・シンプソン大統領を歓迎した。

周金平国家主席と国賓のシンプソン大統領を乗せた車は、厳重な警護の下、沿道を埋めた北京市民や子供たちが両国国旗を振って熱烈歓迎する中、天安門広場を抜け、迎賓館へと向かった。

しかし、熱烈歓迎は、あくまで周金平ら中国指導部・中国政府主導の官製で、指導部内部の反周金平派や人民解放軍の若手幹部たちには、必ずしも歓迎ムードはなかった。

むしろ、中国の民主化を望む市民や学生たちの間には、シンプソン大統領の訪中を歓迎する気運が高く、この機会を狙って民主化運動を高揚させようとしていた。

そのため、中国指導部・中国政府は、首脳会談開催の一ヵ月も前から、極秘に公安局に民主化運動の指導的民主人士や学生活動家たちの一斉予防拘束を行わせた。

さらに中国政府は党中央の決定として、国民に政府主催以外の歓迎集会やパレードの禁止を布告した。

インターネットでの党中央や政府批判のツイッターや集会デモの呼び掛けを禁止し、少しでも危険と見做したブログやフェイスブックは、ネットサーバーもろとも直ちに閉鎖させた。

この機に乗じ、外国勢力に支援された反革命分子が政府転覆や反革命動乱を行う恐れがあるという理由からだった。もし、この命令に反した者には、国家反逆罪を適用して厳罰に処すという強い姿勢を内外に明らかにした。

こうして厳戒態勢の下、米中首脳会談は無事終了し、シンプソン大統領は帰国の途に着いた。

会談が終了した後も、予防拘束は解除されず、ネットの監視は続行され、中国指導部の民主化運動への警戒心は解かれなかった。

引き続き天安門広場は武装警察や公安部隊が完全に封鎖し、誰も立ち入りができないようにしていた。北京市内の各通りの辻々には公安や武装警察が常時立ち、不穏な動きを監視したり、厳重な検問を敷いて警戒にあたっていた。

そのような中国指導部の強硬姿勢にもかかわらず、北京郊外や周辺都市、さらには上海、広州、瀋陽をはじめとする地方の大都市では、首脳会談の期間中、シンプソン大統領歓迎集会や歓迎デモが自然発生的に行われた。

シンプソン大統領が帰国した後は、１９９７年に亡くなった鄧小平総書記の没後二十五周年記念行事に切り替えられ、各地で記念の追悼集会やデモが繰り広げられた。一部の都市では、集会後、デモに移った学生たちが封鎖を突破して街路に出て、公安部隊や武装警察部隊と激しく衝突した。

学生たちは「自由」や「民主化」を前面に出さず、赤旗や中華人民共和国旗を掲げ、鄧小平総書記の業績を称え、「中華人民共和国万歳」「共産党万歳」「周金平政府絶対支持」を謳った。

だが、学生たちが周金平体制や共産党を支持する気持ちがないのは明らかだった。彼らの掲げるプラカードには、政府や党の施策、党官僚支配を批判する「汚職党幹部打倒！」「倒官（官僚ブローカー）を打倒せよ！」「汚職追放！」「日帝の再侵略を許すな！」などと書かれていたことでも分かる。

中国政府は赤旗を掲げ、形だけでも「共産党万歳」や「周金平国家主席支持」を叫ぶ学生たちの集会やデモを、力で弾圧するわけにいかず、繰りかえし国民に平静を訴え、学生たちの運動を「掲紅旗反紅旗」として非難する声明を出し、学生たちの意見に耳を傾けないよう喧伝し、一方で学生運動の沈静化をはかっていた。

「掲紅旗反紅旗」とは、赤旗を掲げて赤旗を非難するやり方だ。これは共産主義を支持する格好で体制批判を行うという苦肉の策である。民主化運動の学生たちが政府の弾圧を避けるために編み出した戦術の一つだ。

北京でも、連日のように、北京大学や北京師範大学、精華大学などの学生たちが大学構内で、シンプソン大統領歓迎から切り替えた、鄧小平没後追悼記念集会を開き、演説では鄧小平語録を引用しては、公然と中国の覇権主義政策を批判、民主化を訴えていた。

学生たちは集会後、デモを組んで街頭に打って出ようとしたが、門を封鎖した公安や武装警察部隊に阻まれた。

そのため学生たちは校舎に籠城して、ハンガーストライキを行い、インターネットのSNSを使って市民に集会やゲリラ的デモに参加するよう呼び掛けていた。

そうした民主化を求める集会やデモは一向に止む気配はなかった。

はじめこそ中国の新聞や放送マスコミは、政府の意向を受けて、学生や労働者たちの集会やデモのニュースを無視して流さなかったが、時間が経つにつれ、止まないばかりか次第に拡大していく学生や労働者たちの運動に対して、報道しないわけにいかなくなった。

放送マスコミも、学生たちの行動を非難する形をとって、集会やデモの様子を報じるようになった。

そうした最中、三日前に王府井の繁華街に開いていたマクドナルド・ハンバーガー店で何者かが仕掛けた爆弾が爆発し、死者81人、負傷者102人を出す大惨事が起った。

それにまるで呼応するかのように、同じ日、上海や深圳特別市などで外国系銀行や合弁企業の事務所や工場があいついで爆破される事件も発生した。一連の爆弾事件で数百人の死傷者が出ていた。

その爆弾の爆発の規模から、手製爆弾ではなく、軍用の4Cプラスティック爆弾が使われた可能性が高く、爆弾の仕掛け方の手際のよさから、軍の兵士が犯行に関係しているのではないかという憶測が流れていた。

中国政府は、国の内外に向けて、これらの爆弾事件は新疆の分離独立を主張するウイグル人イスラム過激派の仕業だと断定し、犯行グループの徹底追及を行うと発表していた。

だが、いずれの事件についても、イスラム過激派の犯行声明はまだ出ていない。

そうこうしているうちに、一昨日、今度は、カラシニコフ自動小銃で武装した集団が、トラックに分乗して厳戒中の天安門広場に突入をはかり、警備の武装警察と銃撃戦になる事件が起こった。

突入した武装集団は、最後にトラックごと自爆。武警の隊員にも、多数の死傷者が出た。

この銃撃自爆事件は、厳重な報道管制によって中国の新聞や国内の放送マスコミでは報じられなかった。だが、何者かが天安門広場での銃撃戦の一部始終を動画に撮影し、それぞれ一斉にインターネットに投稿した。

銃撃自爆事件は瞬く間に全世界に拡散し、放送マスコミが後を追って取材した。中国政府は、とうとう隠し切れなくなり、公式に事件を認めたが、これまたウイグル人イスラム過激派のテロとして激しく非難した。

一連のテロ事件を重く見た周金平国家主席ら中国共産党首脳は、急遽政治局委員会を開いて今後の対策を検討していた。

一方、周金平の下、党中央軍事委員会も緊急に開かれ、中国を取り囲む政治軍事情勢について対アジア、対米対日戦略の練り直しが行われていた。その関係があってか、このところ、各地で中国軍の移動が活発になっていた。

その中で、協力者から飛び込んできたのが、人民解放軍内部に不穏な動きありという極秘情報だった。

人民解放軍の一部が何か起こしそうだ。

それも、軍内部の若手将校団たち不穏分子が何をしようとしているのか？

中国の動向は、２５０万人の人民解放軍の動き如何にかかっている。

党中央が権力を振るえるかどうかは、人民解放軍を掌握しているからだ。その人民解放軍は、これから、どう動くのか？

南郷が懸念していたのは、そのことだった。

周金平体制は前政権に引き続き、改革開放路線を拡大してきた。いまや中国は引き返しもできぬほど資本主義社会化していた。それが可能だったのは、軍と党をしっかりと抑えた故鄧小平の路線を引き継いだ上海閥の江沢民ら改革開放派人士がバックにいたからだった。

周金平は国家主席、総書記、中央軍事委員会主席を独占し、国家、党、軍三大権力の頂点に立ってはいるものの、必ずしも権力基盤は磐石ではない。

周金平は太子党「紅二代」をバックにしている。太子党は、毛沢東と共に抗日戦争を戦った革命第一世代の子供たちである。その革命第二世代は「紅二代」と呼ばれている。

周金平国家主席には、最大のライバルの国務院総理である李強国がいる。

李強国は党エリート幹部を輩出している共産主義青年団出身で、共青団８０００万人の頂点に立っている指導者だ。

最高指導者争いで、李強国は太子党の周金平に敗れたが、依然として、その実力は侮りがたい。そのため、周金平は李強国を中国ナンバー２の地位である国務院総理の要職に就け、味方に取り込んだ。

さらに李強国と同じ共青団人脈である胡春華広東省党委員会書記や劉雲山中国共産党中央書記処第一書記、孫政才重慶党委員会書記らも味方に取り込んだ。

周金平は共青団の李強国さえ味方にしておけば、反旗を翻す反対勢力は出ないという読みである。

周金平国家主席は、懐刀である王岐山を中国共産党中央規律検査委員会書記に就け、「タブーなき反腐敗闘争」を開始し、汚職幹部の追放や政敵の粛清に乗り出した。

周金平国家主席は、聖域なき腐敗撲滅闘争により、権力の背後で院政を敷いていた上海閥を腐敗の温床とし、江沢民派人脈を粛清した。

周国家主席はさらに王岐山に命じて、江沢民系の重慶市党委員会書記である薄熙来を汚職や不正事件で粛清させた。

ついで、石油利権を独占していた党最高幹部の一人である党中央政法委書記の周永康を汚職で摘発させ、党籍を剝脱した上で失脚させた。

党中央政法委員会書記は、公安（警察）や武装警察200万人を束ねて統括するトップである。その要職から周永康を追放し、代わりに周金平の息がかかった人物を就けた。

こうして、周金平は公安と武警の実権を握った。

ついで、周金平国家主席は本丸である人民解放軍の改革に手をつけた。

まず旧い軍人で抵抗勢力である人民解放軍のトップ中央軍事委員会前副主席の郭伯雄上将と、やはり中央軍事委員会副主席の徐才厚上将（病死）の二人を粛清した。

二人は長年人民解放軍を掌握し、前代までの政権を支えてきた軍首脳であった。

二人の息がかかった軍官僚たちを更迭、一掃した。

周金平は、親しい間柄の海軍司令員（司令官）の呉勝利上将を重用し、海空軍を中心にした近代化を推し進めた。これまでの陸軍中心だった人民解放軍組織を改組し、海空軍主導の体制に切り替えた。

軍の近代化派は、これまでの旧い人民戦争型しか知らない革命第一世代の軍長老の上将たちに反発していた。

最新鋭の近代兵器を装備したアメリカやロシア、イギリス、フランス、ドイツ、日本などの近代軍事力に対して、旧式兵器が多い中国軍が戦場で、どう立ち向かえというのか？

その危機意識は、外国の軍事事情に精通している陸海空三軍の軍事テクノクラートである中堅幹部クラスの将校たちに共有されていた。

周金平国家主席は党中央軍事委員会主席に就くと、中央軍事委員会弁公庁主任に腹心の秦生祥少将を就任させ、軍の最高機関である中央軍事委員会を掌握した。

　そして、周中央軍事委員会主席は、人民解放軍四総部（総参謀部、総政治部、総後勤部、総装備部）をはじめ、第2砲兵（核ミサイル部隊）、海空軍司令部、並びに、北京軍区、成都軍区、蘭州軍区など大軍区および十八個集団軍の高級将官、高級将校の人事異動を行い、徹底した人事刷新を行った。

　周金平体制は、軍と公安、武警を掌握して、党内のライバルや保守派勢力に睨みを利かせる一方、全人代を中心とする穏健派も取り込み、ようやく「磐石な」体制を作り上げていた。

　しかし、その「磐石な」体制も、今後、誰が軍の中枢を担うか、そして、軍が本当に周金平に忠誠を誓っているか、などの不確定要素次第では、右にも左にも振れかねない危ういものだった。

　人民解放軍内部の権力争いは熾烈である。

　軍内部には、かつては楊尚昆《ようしょうこん》、楊白冰《ようはくひょう》兄弟の「楊家将派」と、張愛萍元国防相ら八名の軍長老たち「八上将派」の二大派閥があった。

　そのいずれの派閥も将軍たちが老齢になり、あいついでこの世を去ったため、それら軍派閥は事実上、有名無実化している。

　これからの軍の趨勢を占うには、近い将来、軍の主流になるだろう軍事テクノクラート、第三革命世代の少壮軍人たちである。

協力者の情報では、彼ら少壮軍人グループが結束し、旧来の長老支配の軍閥を打倒し、軍の実権を握ろうというものだった。

彼ら少壮軍人グループは、いまのままの人民解放軍では、いくら近代兵器を装備しても、戦場で日本自衛隊やアメリカ軍に勝利することは出来ないという焦燥感と危機感に駆られているという。

その彼ら少壮軍人グループが、遂に本性を現わし、本格的に動き出したというのである。

「協力者」の情報は本当なのだろうか？

これまで「協力者」の情報が嘘だったためしはなかった。

――そうだ。ここは野田3佐に尋ねるのが一番だ。

大使館付き防衛武官補の野田克彦3等陸佐ならば、状況はもっと分かるかもしれない。

南郷は煙草の吸い差しを灰皿に押し付けて揉み消した。

南郷は急いで、背広を着て、身支度を整えた。仮眠室になっている部屋を出た。

大使館の廊下は静まり返っていた。どこからかコンピューターのくぐもった電子音が聞こえてくる。

当直室のドアを開け、煙草の煙が充満した部屋に入って行った。

当直室には通信係の無線士をはじめ五人の当直スタッフが徹夜態勢で、情勢の収集と分析にあたっていた。

ワイシャツを腕捲りした正木二等書記官が南郷の顔を見上げた。

「ああ、書記官、ちょうどいいところに来ました。いま呼びに行くところでした」

「どうした?」

「これを聞いてください」

正木は耳にあてていた無線のレシーバーを南郷に差し出した。南郷はレシーバーを耳に押しあてた。

レシーバーから、とぎれとぎれに命令口調の中国語が飛び交っているのが聞こえた。

「先程から、軍用無線の交信が一挙に増加しています。普段の十倍以上になっています」

通信係の金森無線士が通信機のダイヤルをいじりながらいった。

早口の会話なので、聞き取りにくい。

「なんといっているのだ?」

「暗号混じりなので、意味不明なものもあるのですが、おそらく部隊の非常呼集や出動を命じていると思われます」

「どこの部隊か分かるか?」

「暗号コードを調べています」

金森無線士はパソコン担当の松井技師に顔を向けた。松井はパソコンのディスプレイを睨んで、キイを叩いている。

「野田3佐は、まだ寝ているか?」

この連日、南郷や野田は全員徹夜態勢で詰めていた。その疲労も溜まりに溜まったので、交替で休むことにしたところだった。

いまの時間帯は正木が当直統括で、野田も南郷も仮眠室で休むことになっていた。

「いま呼びに行かせます」

正木は傍らの柏三等理事官に目配せをした。

「は、はい」

柏は慌てて部屋を出て行った。

「私のところに、いま『協力者』から緊急の電話が入ったところだ」

「『協力者』ですか?」

正木は怪訝な顔をした。

南郷は正木には、まだ中南海の政権中枢の近い筋に情報源の「協力者」を作ってあることを知らせてなかったのを思い出した。

「どういう情報ですか?」

「軍の一部が動き出したらしい」

「軍事委員会が決定を出したのですか？」

「いや、そうではないらしい。もっと別な動きだ」

「別な動き？　何ですか、それは？」

「軍の若手少壮軍人グループが動き出したんだ。もしかするとクーデターになるかもしれん」

南郷は最悪のシナリオを想定していった。

「クーデター！　本当に、その情報源は信頼できるのでしょうね」

正木は青ざめた。

南郷も正木の危惧は推察できた。

中国の現政権と日本政府の関係は、アメリカの仲介で、多少ぎくしゃくしてはいるものの、対立を緩和しつつあった。

もし、クーデターで万が一にも、周金平政権が打倒され、さらに強硬な覇権主義派が政権を握ったら、戦争になるかも知れない。

日本の頭越しではあったが、アメリカが中国との緊張関係を曲がりなりにも緩和するために米中首脳会談を行ったばかりだというのに、その努力が水泡に帰すことになる。

日本政府は、これまで以上に日中戦争の危機回避のための外交政策を行わねばならなくなる。その最前線に立つのが、在北京日本大使館の南郷や正木たちなのだ。

もし、日中戦争にでもなったら、中国に進出している3万人以上の邦人が危険に晒される。反日を叫ぶ中国人暴徒に襲われ、酷い目に遭うことになる。

進出企業の工場などの資産は、敵性資産として、中国政府に没収されるだろう。その資産総額は、いまや十兆円以上に上っている。

邦人の生命と莫大な資産を、どうやって守ることが出来るのか？

考えただけでも、ぞっとする。

南郷は正木と顔を見合わせた。

廊下から慌ただしい靴音が響いた。柏理事官を伴った野田3佐が姿を現した。

野田3佐は陸幕から特別に派遣された軍事情報担当の駐在武官補だ。在北京大使館には、駐在武官として海幕から派遣された真島1等海佐がいるが、彼は現在、上海領事館に出向いていた。表向きは、アメリカから着任した新任駐在武官の歓迎パーティに出席するのが理由だったが、実は上海には中国海軍東海艦隊の基地があり、真島1佐は中国海軍の動きを実地に調べるのが目的だった。この時期、それは各国の駐在武官たちも同様の思惑に違いない。

「ごくろうさんです。南郷書記官、何か起こったそうですな」

野田3佐は制服のシャツのネクタイを締め直しながら、南郷に顔を向けた。不精髭が頬を覆っていた。野田3佐は軍人らしく、いつもきちんとした服装をしていたが、さすがに急いで起きて来たため、不精髭を剃る暇はなかった様だった。

南郷はかいつまんで「協力者」からの情報を説明した。

「なんてこった」

野田3佐は正木から無線傍受の様子を聞いた。

野田3佐は血走った目でコンピューターのディスプレイを覗き込んだ。

「部隊名は分かったかね」

「出ました」

パソコンのキイを押していた松井技師がうなずいた。

ディスプレイに乱数表のような数字が並び、その数字に対応して、文字が現れた。

「交信しているのは、27軍ですね」

「そうか」

第27集団軍は北京大軍区の河北省石家荘に司令部がある部隊だ。1989年の天安門事件の際に、当時出動した部隊も第27集団軍の部隊だった。

第27集団軍は2個機械化歩兵旅団、2個自動車化歩兵旅団、1個装甲旅団、1個砲兵旅団、1個防空旅団、1個工兵連隊を有しており、山西省や内蒙古を守備範囲にしている。

同じ北京大軍区の第38集団軍は、2個機械化師団、1個装甲師団を基幹とし、1個防空旅団、1個砲兵旅団、1個工兵連隊、1個陸軍航空連隊からなる最精強部隊だ。27軍は38軍に比べれば規模は小さいが、旅団編成なので小回りが利き、即応性や機動性に富んでおり、38軍に次いで精強な部隊だ。

窓の外に異様な音が響いていた。震動で窓ガラスが小刻みにカタカタと音を立てる。

「戦車だ！」

誰かが唸るようにいった。

南郷は野田3佐と近くの窓辺に寄った。

道路を驀進する重々しいエンジン音が轟いていた。キャタピラの音も聞こえてくる。

斜め向かい側に日壇公園の樹木が鬱蒼と繁っている。遮光カーテンを開けて窓越しに、大使館前を走る日壇路を見下ろした。路は人気なく静まり返っていた。日壇路を南に下ると建国門外大街にぶつかる。キャタピラの音はその建国門外大街の方角から聞こえて来る。

二人はガラス戸を開け、ベランダに出た。

ベランダから日壇路と建国門外大街の交わるT字路の一角が見える。いましも、そのT字路を戦車が通過していく。長い砲塔が突き出ている。

「最新型のＶＴ―４戦車だな。あの長い砲塔は、１２５ミリ滑空砲だ。しかし、ＶＴ―４がまさか、第27軍に配属されていたとはな…」

野田３佐は、ひんやりした声でいい、スマホで戦車を撮影した。

その間にも、続々とＶＴ―４戦車が轟音を立てて驀進して行く。戦車に並進して、歩兵戦闘車や装甲兵員輸送車も進んで来る。

「どうやら部隊は中南海に向かっているらしいな」

建国門外大街をそのまま西に進めば、天安門広場に通じる。さらにその先は党中央や政府の首脳たちが住む中南海だった。

正木は窓からビデオカメラで撮影しながら、戦闘車輌の種類や数を記録しはじめた。

「…二十九、三十、三十一…」

その数はすでに三十輛を軽く超えていた。戦車や装甲車の隊列が終わった。

その後、兵士たちを満載したトラックや装甲兵員輸送車が何十台も続く。

いったい何が起ころうとしているんだ？

南郷はうわずった声で正木にいった。

「大使は？」

「まだ自宅におられるかと」

「至急に連絡したまえ」

「分かりました」

正木ははじかれたように窓を離れた。

「金森、本省に至急に打電しろ。松井は上海領事に連絡をとってくれ。それから渡辺は…」

南郷は部下たちに次々と指示を出した。

「書記官、俺は階上へ上がる」

野田3佐は双眼鏡を手にすると、勢いよく部屋を出て行った。上の階なら、もっと通りがよく見える。

柏理事官が電話の受話器を突き出した。

「書記官、上海領事館が出ました。篠崎書記官です」

「よし」

南郷は受話器をひったくった。

「ああ、篠崎か、そちらの様子はどうだ?」

南郷は咳込むように受話器に怒鳴った。

2

北京　6月27日　午前4時

「ユミ、起きろ」

誰かが弓の躰を激しく揺さぶった。弓は思わず身を固くして悲鳴をあげかけた。

「俺だよ。心配するな」

聞き覚えのある声だった。眠れないと思っていたが、マッチの炎に照らされて劉進《りゅうしん》の顔が浮かんだ。眠れないと思っていたが、マットに横になっているうちに何時の間にか眠っていたらしい。弓は辺りを見回した。マットの隣には毛布がきちんと折り畳まれて置いてあった。一緒にいたはずの小蘭《しょうらん》の姿がなかった。

「小蘭は？」

「緊急の委員会が招集されたんだ。彼女はそちらに出ている」

マッチの炎が消え、辺りは暗闇が戻った。半開きになった廊下の明かりが淡い光の帯になって、教室の中に忍び込んでくる。廊下を伝わって誰かが演説をしている声が聞こえる。続いて拍手が起こった。

小蘭は私があまりぐっすりと眠っていたので、起こさずに行ったのに違いないと弓は思った。小蘭はそんな心の優しい友だちだった。

窓の外は真っ暗だった。昼のねっとりとした暑さはいまは嘘のように消えている。開け放った窓から、ひんやりした冷気と一緒に虫の鳴き声が流れ込んでくる。その虫たちを威圧するように、どこからか低いエンジン音も聞こえてくる。

「ユミ、君は今のうちに帰った方がいい」

劉進は説得するようにいった。弓は訝かった。

「どうして？」

「留学生はここにいてはまずいということになった。退去してくれ」

進は弓の問いには答えず、命令口調でいった。進の顔の表情は暗くて読めなかったが、いつになく進の顔が真剣に思えた。いつも冗談混じりに私をからかってばかりいたのに、こんな時に限って冗談ひとつ飛ばさない。

「いったい全体、どうなったというの？」

「俺が途中まで送っていく」

有無をいわせぬ言い方に、弓はむっとした。中国の男たちは、日本人以上に男尊女卑の時がある。

「どうしてなの？　私だけ…」

「君だけではない。執行委員会の決定なんだ。参加留学生全員と体の弱い同志、それに捕まってはまずい第2指導部の連中は引き揚げることが決まったんだ。」

廊下には人のざわめきや足速に通り過ぎる靴音が響いた。

「私は行かないわ。確かに私は留学生ではあるけど、私も同じ学生よ。なぜ、ここに皆と一緒に籠城してはいけないの？　私の意思も確かめずに、勝手に決めて貰っては困るわ」

「ここは日本とは違うんだ。言論の自由な民主国家ではないんだ。これから、世界を揺るがすような事件が起こるかもしれないんだ。ユミ、君も自分の立場を考えて行動しろよ」

立場というのは、兄のことをいったのに違いない。兄の南郷誉は日本大使館の1等書記官だった。

「構わない」と弓は思った。きっと兄は私が民主化運動の学生たちといたら、怒るだろうが、もう私は十代の子供ではない。

進は困ったような顔をした。こんな進を見るのは初めてだった。

劉進は小蘭の恋人だ。弓が北京大学文学部比較文学科に留学をはじめた去年の春、小蘭の紹介で知った友人だ。劉進は香港の中山大学経済学部を卒業した香港人で、北京大学大学院経済学科に入った交換留学生である。彼の研究テーマは改革開放経済の実態だった。将来は日本かアメリカに渡り、外国企業で働くのが夢の若者である。

小蘭の本名は王蘭《おうらん》だったが、みんなは可憐な彼女を小蘭と愛称で呼んでいる。小蘭は弓が中国に来てから、初めて出来た親友だった。その親友の恋人を困らせては可哀相だと弓は思ったが、自分が抜け出さねばならない理由を聞いておきたかった。

「分かったわ。でも訳を話して」

「様子が変なんだ。門を封鎖していた武装警察隊が突然引き揚げてしまった」

「え、ほんと？」

弓は窓ににじり寄り、校門の方角を見た。まだ暗くて定かには見えないが、正門に通じるポプラ並木の通りには、武装警察の装甲車が見えなかった。正門前を照らしているサーチライトも消えていた。白いシャツ姿の人影が正門付近をうろついているが、あれは学生たちなのだろう。

「よかったじゃない。武警が引き上げたなら、これで、みんなは自由に街へ出られるわけでしょう？」

「いや違う。むしろ状況は悪化しているんだ。これは内緒だけど武装警察の連中とは、裏である程度の話がついていたんだ。なにしろ武装警察の司令員（司令官）は改革派シンパだからね。われわれを取り締まるといっても、まだわれわれに対する理解が多少ある。われわれが非暴力であれば、向こうからは実力を行使しないという暗黙の了解がついていた。それが突然に反古になった。今後はどう出てくるのか分からなくなった。それで万が一の事態を考えて準備をはじめたんだ」

弓は指導部の学生たちから裏切られた気持ちになった。はじめから政府と通じている闘争だったというのか？

「まあ。指導部の誰かが武警と裏取引をしていたっていうの？」

「裏取引といえば語弊があるが、相手との話し合いのパイプを作っておくということさ。指導部となれば、闘争を煽るだけではなく、いかに闘争を終結させるかも考えておかないといけないんだ。でないとずるずると状況に引き摺られ、収拾がつかなくなってしまう。そうなったら、互いに無駄な血を流すことになる」

劉進は早く教室から出ようと促した。

弓はともかくもみんなの様子を知ろうと思った。他にも日本やアメリカからの留学生がハンスト支援に参加していた。彼らの意見も聴こうと思ったのだ。

廊下に出て、大教室のある階下に降りていった。五百人は入れる大教室だったが、つめかけた支援の学生たちで廊下まで溢れ返っていた。みんなは徹夜態勢で待機している。壇上に立った活動家の一人がハンドマイクで状況の変化を報告していた。

怒号や野次が飛んだ。活動家が両手を挙げ、会場の聴衆の騒ぎを静めようとやっきになっていた。

「いま外部の同志から連絡が入った。武警部隊に対して軍当局が引き揚げを命令したらしい。武警のやり方は手ぬるいというんだ。今後は軍がわれわれを直接取り締まると方針を変更したそうだ。」

　野次が止み、一瞬会場がどよめいた。

「なにが起こったんだ？」

「俺たちは自由が欲しいんだ。言論や集会の自由は憲法で保障されている人民の権利ではないのか！」

「このまま籠城を貫徹しよう！　このままストライキで騒げば、マスコミが報道してくれる。そうなれば国際世論がわれわれの運動の味方してくれるはずだ」

「そうだ！　アメリカがきっと助けてくれる」

「人民解放軍はわれわれの味方ではなかったのか！」

「天安門事件の教訓を思い出せ！　軍はわれわれの味方ではなかったではないか」

「戦闘準備だ。みんな武器を用意するんだ！」

「火炎瓶を作ろう！　石や鉄パイプを集めるんだ。」

「バリケードを作れ！　やつらを絶対に構内に入れるな」

　会場のあちらこちらから学生が口々にがなりたてた。聴衆が動きだし、会場の出口に殺到した。壇上の活動家が慌てて両手で制しながら怒鳴った。

「みな冷静になってくれ。いま代表を集めて拡大執行委員会が開かれている。これからどうするか、善後策を練っている。指導部に従ってほしい。もう少しここで待ってほしい」その声を無視して、大教室から大勢の学生たちがどっと廊下に溢れ出て来た。弓はたちまち人込みに巻き込まれ、劉進と離れ離れになった。

血相を変えた学生たちは校舎を飛び出し、武器になる得物を求めて走り出て行った。一部の学生たちは大教室の机や椅子を持ち出し、校舎の出入り口に運びだしはじめた。弓は人込みに揉まれて突き飛ばされ、きりきり舞いした。人の渦の中から手が伸び、弓の腕を取った。進の手だった。

「ユミ、さあ、今のうちに出よう」

「逃げるわけにはいかないわ。みんなと一緒に、ここで戦いましょう」

弓は大声で答えた。進は怒りを露にした。

「君は日本人じゃないか。どうして、われわれ中国の問題に口を出すんだ！」

「では、私は黙って見ていろというの？」

「そうだ。君には関係ないことじゃないか！　日本人は日本のことを考えればいい。よその国に来て、余計なことはしないでくれ。それがあんたらの悪いところだ。頼みもしないのに、なぜ手を出そうとする？」

「余計なお世話だっていうの？」

「ああ、はっきりいえば、余計なお世話だ。善意からなのは分かるが、その善意の押し売りが俺たちの重荷なんだ。」

弓は悲しくなった。そんなことをいままでいわれたことはない。どうして、いまのいまそんなことをいわれなくてはいけないというのか？

進は真顔だった。弓が反論しようとした時、正門の方角で人の怒号が起こった。

「来たぞ！　軍の装甲車だ！」

廊下にいた学生たちが、その声にいっせいに外に出て行った。気が付くと、いつの間にか正門の方角で重々しいエンジン音が轟き渡っていた。

弓は学生たちの一団に背中を押されるようにして校舎から外に出た。閉じられた正門の鉄の扉越しに黒々とした装輪装甲車が何輌も姿を現していた。暗がりに大勢の兵士たちの人影も見えた。兵士たちは正門の扉にワイヤーを掛け、装輪装甲車に引かせて、扉を引き倒そうとしている様子だった。

学生たちは正門の内側にかたまり、ピケットを張りはじめた。腕を組み合い、肩を寄せ、装輪装甲車を人垣で阻止しようとしているのだ。兵士たちに怒号と非難の声が浴びせかけられた。兵士たちは黙々と作業を続けている。

学生たちが一斉に用意した石を投げはじめた。兵士たちは後退し、装輪装甲車が前面に出てきた。石が装輪装甲車に当たる甲高い音が響き出した。

「さあ、ユミ、行こう。きみがこれ以上、ここにいてはまずい。自分の立場を考えてくれ。きみは俺たちよりも、もっとやることがあるはずだ」

「どんなことを？」

「民主化を求める俺たちのことを、日本や世界の人たちに知らせることができるのは、きみたちなんだぜ。ここで逮捕されたり、怪我をされるよりも、その方が重要なんだ」

進は弓の腕をむんずと摑んで引っ張りながら、校舎の前から裏手の方角へと連れて行こうとした。

その時、扉近くの学生たちの側から、装輪装甲車に向かって次々と何かが放り投げられた。ガラスの割れる音が響き、ついで赤い炎が装輪装甲車の影を浮かび上がらせた。扉近くにいた装輪装甲車が轟音を立てて後退した。慌てて兵士たちが消火器を噴出させ、火を消しはじめた。

喚声が上がった。同時に兵士たちの方角から、弾けるような銃声が起こった。

「危ない！　やつら、撃ち出した。」

いきなり学生たちの人垣に白煙が立ち上ぼった。離れていても、ツンとした刺激臭が風に乗って流されてくる。催涙ガス弾だった。

たちまち学生たちは激しく咳き込みだした。みんないっせいに並木通りを走って逃げ出しはじめた。エンジンの轟音がさらに高鳴り、鉄の扉が音を立てて引き倒された。その間も、構内の庭に催涙ガス弾がぼんぼんと炸裂した。正門付近はガスの煙がもうもうと立ち込め、人影も装輪装甲車の影も煙に霞んでしまった。

今度は兵士たちの側から、喚声が上がった。深い煙の中から、いくつもの強烈な光が現れた。装輪装甲車を先頭に兵士たちが銃を構えて、突入してくる。兵士たちは全員異様な防毒マスクをかけていた。学生たちはハンカチやタオルで口や鼻を覆いながら、なおも投石を続け、火炎瓶を投げた。ガソリンの炎があちらこちらで火の手を上げる。しかし、突進してくる兵士たちの勢いは止まらなかった。

たちまち、学生たちは防毒マスクの一団に銃の台尻で殴り倒され、地べたに捩じり倒されていく。怒号や悲鳴が上がった。学生たちは逃げ出しはじめた。兵士たちは弓や進のいる校舎を目指して殺到してくる。

進は弓の腕を引っ張り、無理矢理、大学構内に建てられたホテルの建物の方角へ走り出した。北京大学も広い構内の敷地の一部を使って、利殖のためにホテル経営をはじめていた。走りながら、進は叫んだ。

「ユミ、きみはいざとなったら、構内の大学ホテルに逃げるんだ。日本人客に紛れ込めば、軍には分からない」

ホテルには日本からの観光客や外国人研究者が宿舎として泊っている。進は弓をそのホテルの宿泊者に仕立てて、逃がそうというのだった。進は弓の腕を離し、ホテルの建物の方角に押しやった。弓はしぶしぶうなずいた。いまさら戻っても、弓は突進してくる兵士たちを相手にして何もできないのが十分に分かった。

「進、あなたは？」

「俺は大丈夫だ。俺は小蘭を助けに行く」

進はそういいながら籠城していた校舎の非常階段に向かって駆け出した。すでに、非常階段からは逃げ出してくる学生たちと兵士たちの間で小競り合いが始まっていた。逃げる学生たちを追って、兵士たちが弓の方にも駆けてくるのが見えた。弓は心残りだったが、ホテルの方に向かって走り出した。

走りながら、進や小蘭の無事を祈った。

3

北平（北京）　6月27日　0405時

東の空が明るくなっていた。間もなく夜明けになる。人民解放軍総参謀部高級参謀劉小新《りゅうしょうしん》中校（中佐）は窓にちらりと目をやり、時計の針で時刻を確認した。

総参謀部作戦部の戦闘指揮所は人いきれと熱気で汗ばむほどだった。すべては万事順調に進んでいる。決起した民族統一救国将校団の面々はきびきびした動きで、各軍区や省級軍区から入ってくる情報を整理し、つぎつぎと指令を発していた。

劉小新中校（中佐）は司令部の戦闘指揮所の端に立ち、テーブルに広げられた中国七大軍区の地図を睨んだ。テーブルの周りには、総参謀部高級参謀たちが勢揃いして取り囲んでいる。いずれも、軍の第一線で活躍している油の乗りきった三、四十代のエリート軍人同志たちだった。

「報告！　0400時、治安部隊は北京大学、精華大学、北京師範大学など市内主要大学構内に突入しました。現在、反体制分子の集会を強制排除し、指導者を逮捕しています」

連絡下士官が通信文を手に、民族統一救国将校団の副司令員である楊世明《ようせいめい》大校（上級大佐）に敬礼して報告した。

「よし。引き続き、反体制指導者の逮捕に全力をあげるように督促しろ」

「分かりました」

連絡下士官は踵を返して通信指令室に小走りに戻って行った。その後ろ姿を見ながら、劉小新はまたもう一度腕時計で時間を確かめた。楊大校がいらついた声を出した。

「遅い。まだ38軍の同志からの連絡はないか！」

第38軍は北京大軍管区でも最新の武器を装備した最強の機械化師団2個と装甲師団1個を有する集団軍だった。38軍の動きを摑めないと、今後の作戦指導に大きな齟齬を生じる。

「まだであります」

連絡将校の沈振《ちんしん》中尉が顔をしかめた。劉は沈中尉に命じた。

「沈中尉、至急に同志に連絡を取ってくれ。状況報告を督促するんだ」

「はいッ」

中尉は返事をすると、急いで隣の通信室に飛んで行った。通信室から、ひっきりなしにモニターを通して、各軍区からの状況報告や連絡が報じられている。その放送の度に、レシーバーを耳につけた下士官が忙しくテーブルの盤上の小旗や軍事駒を動かした。

「どうやら、われわれが予想した通りの展開になっているな」

傍らの郭英東《かくえいとう》中校が劉に囁いた。劉はうなずいた。

「うむ。38軍だけ、連絡が取れないのが、少々誤算だったが」

「なんの。逆らえば、叩けばいいだけのことだ。お前でなく、俺に27軍を預けてくれれば、すぐに38軍を屈服させてみせるがね」

郭中校は不敵な笑みを浮かべた。彼は劉小新と国防大学同期生で、学生の頃から鼻柱が強く、参謀より司令員向きの剛胆な男だった。

「おまえの、その自信過剰が危険なんだよ。だから、俺は、おまえの代わりに27軍付きにさせられたんだからな」

劉は笑いながら、郭の背中を叩いた。

テーブルの中国全図は、すでに赤、白、青の小旗で埋め尽くされていた。各軍団、師団の番号を印した小旗だった。味方側に付いた部隊は赤旗で、党中央に追従する部隊は白旗に色分けしてある。圧倒的に盤面の多数を占めている青旗は、まだ態度を明確にしない中立の部隊だ。

最も重要な北京軍区では第38軍が青旗になったままだ。第38軍にも所属師団の幹部に同志が多数いるが、おそらく師団長や政治委員の説得に手間取っているのだろう。

万が一、師団長が救国将校団の説得に応じない場合は逮捕するか、抵抗すれば射殺も止むなしとなっている。

第38軍があくまで、党中央側に組するようであれば、味方の第27軍と第65軍を投入し、味方の空軍支援の下、第38軍を武力鎮圧することになっていた。できれば、そんな同士討ちは避けたかった。

七大軍区のうち、いまのところ、第38軍を除く北京大軍区の陸空全部隊、瀋陽軍区の三分の二が同調した。予想していた通り、南京大軍区の過半数の部隊と済南大軍区の半数の部隊が、まだ党中央を支持して救国将校団に同調しなかった。

南京大軍区は周金平国家主席や李強国首相など党中央に忠実な連中に握られているので、おそらく周金平ら党中央が自分たち救国将校団の要求に屈伏するまで頑強に抵抗することだろう。

南京大軍区は、上海市と五つの省からなっているが、江蘇省軍区と浙江省軍区が上海市軍区に歩調を合わせて党中央支持に回っている。

安徽省軍区は救国将校団に同調、福建省軍区と江西省軍区の二つの省級軍区が中立の姿勢を示していた。

済南大軍区は軍主流の出身者が多い山東省が救国将校団に同調した。一方、河南省は党中央を支持している。

広州大軍区、成都大軍区、蘭州大軍区のほとんどが中立の青旗になっている。

広州大軍区はこれまでも北京大軍区や中央政府と折り合いが悪く、独自の行動を取りがちだった。今度も中央の情勢を見極めるまで動かないで様子を見ているつもりなのだろう。蘭州大軍区と成都大軍区には赤旗と白旗が少数だが、相半ばして立ち並び、中立の青旗が過半数を示していた。北京周辺と辺境ではかなりの情報ギャップがあり、情勢が分かるまで現地司令部も静観しようと考えているのに違いない。

救国将校団は作戦決行前に各地に同志を派遣して、現地司令部説得にあたっているが、事情が分からない省級軍区の一部将校たちが、派遣した同志を逮捕する事件もあいついで発生している。

「焦らんことだよ、楊大校同志。38軍には賀大校が行っているのだから、うまく説得してくれるはずだ」

横から温厚な面持ちの周志忠《しゅうしちゅう》大校が腕組みをしながらいった。賀堅《がけん》大校は、人民解放軍の英雄賀竜元帥の孫にあたる人物だった。

そういう意味では周大校も楊大校も、祖父や父親、親戚が革命第一世代の元長征組や革命第二世代の古参有力党員だから太子党だ。

劉小新自身も、祖父の劉達峰《りゅうたつほう》が第四野戦軍の将校で、父の劉大江《りゅうだいこう》も人民解放軍少将であることからすれば、太子党ではあるが、父の兄弟、つまり叔父たちが台湾、香港に亡命している汚点が災いして、太子党の特権がほとんどなかった。

「それにしても、中央軍事委員会はまだ結論を出さないのか。いったい何をしているというんだ！」

楊大校はいらいらした面持ちで八つ当たり気味にいった。

「軍事委員たちは老獪だからな。秦少将閣下たち代表団も説得に苦慮しているのだろう。なあ、劉中校？」

周大校は悠然とした風情で劉小新に同意を求めた。

「しかし、副主席の許政治局員や張総政治部主任らも賛成してくれているのですから、後は海軍司令員の呉勝利将軍さえ説得できればいいのでしょう？　呉将軍もきっとわれわれの主張を理解してくれるはずです」

「だといいのだがな。呉将軍はわれわれの主張は正しいが、われわれの運動は下剋上だとしていい顔をしていないらしい。ちゃんとした党内手続きを経るのが大事だとな」

「そんなことをいっていたら、わが国では政治を変えるのに百年たってしまいますよ。いまの緊急事態に間に合わない。党がちゃんとしていない時は、やはり人民解放軍がその代わりにしっかり方針を出さないといけない。そのために人民解放軍はある。故毛沢東主席もいっています。銃口から政権が生まれると。建軍があって建党し、しかる後に建国がある。建軍建党建国こそ正しいはずです」

「ともあれ秦少将同志の説得如何だな。万が一、それでも答が否であれば、武力で打倒するしかない。それは、できれば避けたいのだが」

楊大校は煙草を口にくわえた。小刻みに震える手でマッチの火をつけた。

劉小新は中南海へ送り出した民族統一救国将校団（通称救国将校団）の代表たちの面々を思い浮かべた。

主席代表の秦平《しんぺい》少将はまだ50歳、欧米の軍の将軍では決して珍しくはないが、人民解放軍の将軍たちの中にあっては、まだ若い将軍だった。

南京軍事学院を首席で卒業した後、ロシア軍事大学に留学した経歴を持つ生粋の軍事テクノクラートだった。成都大軍区、済南大軍区、南京大軍区などの各省級軍区で参謀長や副師団長、師団長を務め、胡錦濤が軍事委員会主席だった折に、瀋陽大軍区の参謀長をしていた秦少将を総参謀部作戦部長に抜擢した。若手将校たちにも、老将たちにも人望があり、識見豊かな将来の逸材だった。その秦平少将が救国将校団の首領に選ばれたのだ。

民族統一救国将校団通称「救国将校団」は、「民族統一」「軍現代化（近代化）」「粛軍」「官倒打倒」「汚職追放」の五大スローガンを掲げて立ち上がった愛国青年将校の革命運動だった。

故鄧小平の南巡講話以来、怒濤を打ってはじまった改革開放は、中国の社会主義体制の基盤を根底から覆す勢いで押し寄せてきた。

改革開放路線がいけないというのではない。だが、その改革開放政策によって、都市と農村の格差が一層激しくなり、都市部の工業の発達で、インフレが全土にまわり始めた。農村では食えなくなった農民が土地を離れて、労働力として都市部に流れこんだ。その数は、じつに一億人以上である。

沿岸部の経済特別区への外国資本の導入で、中国の経済成長は目覚ましいものがあるが、沿岸部の都市部に比べ、地方農村部はあいかわらず停滞している。

先に富める者はほかの者を富めるようにしようという新自由主義政策は、都市部の一部の富裕層をますます富ますだけで、都市経済からとり残された農村部の住民は豊かさを享受できず、反対に貨幣経済の煽りを受けて、収入もなく、ますます食えなくなっていた。地方農村と都市の格差は一層拡大し、人民の貧富の差も広がっている。

資本主義的な経済成長政策は、たしかに中国のGNPを飛躍的に上昇させ、相対的には中国社会を豊かにした。

だが、圧倒的な大多数の貧困層の上に、ほんの一握りの富裕層が乗っている社会の構造は、富の分配によって、社会的平等をめざしていた社会主義社会の理想から、あまりにも懸け離れてはいまいか。

なにより、人民解放軍の兵士は地方農村の貧困層の若者が圧倒的に多い。人口が多いので徴兵に頼らずとも、志願する者だけで、十分に定員は充足している。

志願者はそのほとんどが農村の貧乏な家の若者で、農村では働き口がなく軍隊に入れば食うことには困らないとか、兵士になればいろいろな特典があること、除隊後には、戦友仲間の紹介で新しい職に就くことが出来るとか、なにより貧乏な農村から都市部へ脱出したい、と考えている。

そうした兵士たちの不満は、軍の給料が低すぎることと、貰った給料を送る先の農村の貧困ぶりであった。

そこへもって来て、周金平体制になってからの、軍近代化（現代化）を名目にした人員整理、リストラである。

かつて鄧小平も軍近代化政策の一環として、それまで400万人だった人民解放軍を100万人減員し、300万人体制にした。リストラした兵士の行き場に武装警察を用意し　大量に採用した。

その後を引き継いだ江沢民も、さらに人員を削減し、250万人軍体制にした。

周金平は、さらに陸軍を30万人を削減して、220万人体制にする意向だ。その代わり、陸海空三軍と第2砲兵に巨額の軍事予算をつけ、最新兵器を開発、導入して、装備面の現代化を図り、中国軍が米日欧州の軍にも比肩できる世界最強の軍隊にしたい、というのだ。

いかにも、大学出の軍事テクノクラート好みの提案ではあるが、これまで苦楽を共にしてきた部下たち30万人を解雇し、失業者の群れに投ずるのは、上官として忍びなかった。彼ら下級兵士は軍を解雇されたら、故郷に帰れず、仮に帰っても職や仕事がないので、即食うに困ってしまう。

そのため、解雇された兵士の多くは浮浪者になって都市に環流するか、食うために犯罪組織に入って、悪事を働くしかないだろう。彼らは解雇されると聞いて、上官に農村の悲惨な窮状を涙ながらに訴えていたのだ。

その一方で党上級幹部や高級軍官僚たちは、特権を利用して私腹を肥やすことに血道をあげている。

軍幹部さえも建軍の精神を忘れて、上級将校はもちろん末端の下級将校にいたるまで軍ぐるみで金儲けに手を染めている。

こうした事態を常々苦々しく思っていたのが、秦少将をはじめとする少壮軍人将校グループだった。

劉小新自身も、以前に配属されていた部隊で、人員整理された部下たちの途方に暮れた姿を数多く見て、義憤にかられて救国将校団の参加した一人だった。

いまや行き過ぎた改革開放政策をとる党中央や政府は信用できない。人民解放軍が率先して党中央や中央政府の姿勢を正し、社会主義中国の再建を行わなければならない。そうでなければ、中国は以前のように外国列強によって経済侵略されるままになり、いずれ民族統一を守れぬまま、中国は分裂に分裂を重ね、空中分解してしまうのではないか？

そうした危機感や焦燥感が劉たちを突き動かしていたのだった。

救国将校団が止むに止まれず決起した、そもそものきっかけは台湾問題だった。

台湾が中国大陸反攻を主張し、中華人民共和国が支配する大陸を「中華民国」の領土であるとする限りは問題ではなかった。

彼ら自身が台湾を中国大陸の一部として認めているからだ。しかも、台湾の大陸反攻は強大な人民解放軍の存在によって、夢物語であるのは自明だったからだ。

だが、最近、台湾の世論が大陸反攻を諦め、実態的に台湾の独立に傾きはじめたのが問題だった。

台湾は中国の一部であることを止め、台湾島だけで独立して、中国とは別個の国になろうというのである。

中華人民共和国政府の再三再四の警告にもかかわらず、台湾政府はいまや「二つの国」を着々と目指しはじめたのだ。

台湾の総統選挙は、事実上の台湾が中国とは別の政治体制を持つ「国」としての体裁を整える分離独立工作の重要な段階だった。

その台湾政府が、次に目論んでいるのは国連加盟だろう。そのための加盟申請の準備もしている。

もし、台湾が世界から中国とは別の国家として認められたら、中国が台湾を自国領土として取り戻すことは、かなり難しいことになる。それは、もともとイラク領だったクウェートを取り戻そうとしたイラクが国際世論から袋叩きに遭い、結局、湾岸戦争で軍事的にも敗北して撤退せざるを得なかった例を見ても分かる。

このままでは中国の目指す「一国二体制」という政策は、台湾政府によって一方的に破棄されかねない。「一国二体制」は、本来は故鄧小平同志が編み出した苦肉の策だ。

わが国としては、台湾と大陸の間の経済格差がある現在は、一国の主権の下に、相矛盾する資本主義経済と社会主義経済の折り合いをつけ、当面台湾併合問題の早急な解決を求めず先送りしておくつもりだった。

時間が経てば、そのうち台湾も大陸も経済格差がほとんどなくなるだろう。それまで、じっくりと台湾併合の機が熟すのを待とうではないか。それが故鄧小平が示した戦略だった。

それというのも現実にいま台湾を武力併合したくても、中国にはその軍事力がなかった。数の上では優っていても、陸軍力は別にして、海軍力も空軍力も最新兵器で武装した台湾軍の方が上だ。

　まして、台湾攻略戦争となったら、必ずやアメリカと日本が軍事介入して来るだろう。

　いくらわが国に強大な陸軍力があっても、台湾海峡や南シナ海、東シナ海の制海権や制空権なしに、海峡を渡ることは不可能だろう。

　それゆえ、中国が軍事力面でも質的に台湾軍のそれを上回るまで、平和的に外交戦略だけで台湾独立を阻止しなければならなかった。そこで時間稼ぎとして考えられたのが「一国二体制」だったのだ。

　いまや、わが国の軍事体制は、アメリカや日本を恐れないで済むほどに整った。台湾は、そうしたわが中国の事情を見透かし、豊かな経済力を背景に、いまのうちなら、中国から分離独立できると読んでいるのだ。

　南沙諸島領有権問題で南シナ海が、尖閣諸島をめぐる領有権問題で東シナ海が世界から注目を受け、わが中国の立場が悪くなっているいまが好機と、台湾は見ているのだ。この好機を逃しては、将来、台湾が独立する機会はない。

　これまで日米両国をはじめ世界の国々は、わが中華人民共和国に気兼ねして、台湾の主張に目をつむってきた。

　しかし、台湾が独立を訴えて、中国とは別の国家を建てて、国際社会に認知されたならば、日米も台湾を無視しえないに違いない。

そうなってからでは遅い。その前に、台湾に武力制裁を加え、独立の意思を砕くとともに、世界に台湾が中国の領土の一部であることを力でもって示さなければならない。

中国は漢人の他、五十四の民族からなっている。もし、万が一台湾の分離独立を許せば、チベット族やウイグル族など国内少数民族の分離独立運動を元気づけることになる。

そうなれば統一国家としての中華人民共和国は解体されてしまう。それは中国民族主義としては絶対に許されないことだった。たとえいかなる犠牲を払っても、いま台湾を武力解放しなければ将来に禍根を残す。

そうした危機感から、民族統一救国将校団は、急遽決起して、あえて党中央に反旗を翻し、緊急の党中央軍事委員会開催を要求したのだった。

連絡将校の若い少尉がメモを手に作戦室に駆け込んできた。

「周参謀主任、機甲部隊は配置につきました。総参謀部、総政治部、総後勤部、総装備部のいずれも救国将校団が押さえました。海軍も、基本的に救国将校団支援に回りました。まもなくこちらに連絡員が駆け付けることになっています。」

「よし。これで四総部と海軍はわが方だな」

周大校は満足気に楊大校とうなずきあった。総参謀部、総政治部、総後勤部、総装備部の四総部は人民解放軍の中枢機関であり、軍事委員会の下にあって、事実上軍を直轄指揮する要になっていた。

「後は空軍と第2砲兵がどう動くかだな」

楊大校は周りの幕僚たちを見回した。

「返事はまだないか？」

「ありません」

劉小新は答えた。

すでに海軍司令部は司令官以下、海軍参謀とも、救国将校団に同調していた。だが、空軍司令部と第2砲兵司令部は、依然オルグに行った工作員からの連絡がなく、その救国将校団支持か否かの返答はなかった。

もっとも海軍司令部は救国将校団支持に回ったが、その下の三艦隊のうち、広東省を本拠の南海艦隊が救国将校団支持を表明しただけで、旅順を本拠とする北海艦隊と上海の東海艦隊は依然として態度を明確にしていなかった。

第2砲兵司令部は軍事委員会直属の戦略大陸間弾道ミサイル部隊だが、党中央を支持し、軍事委員会の決定に従うという返事だった。いま救国将校団から新たな使者が司令部に乗り込んで、司令員や参謀を説得中だった。第2砲兵司令部としては、指揮系統が違う以上、当然の態度だといえる。

劉小新は海軍北海艦隊司令部には自分が乗り込むべきだったと臍を噛んでいた。北海艦隊軍司令部には父の劉大江《りゅうだいこう》少将が参謀長としており、自分なら説得できる自信があった。

だが、秦平少将は劉小新の願いを聞き入れなかった。北海艦隊司令部説得は海軍出身の老練な将官にまかせ、劉たちは重要な総参謀部での作戦指導に全力をあげるようにという命令だった。

「軍事委員会に出席していた秦少将閣下から連絡が入りました」

沈中尉がはずんだ声で叫んだ。その声に作戦室は一瞬、静かになった。

「ついに周金平軍事委員会主席も、われわれ救国将校団の要望を大筋で受け入れることを約束したとのことです」

「やったやった」「いいぞ」「これで、クーデターは成功したも同然だ」

安堵のどよめきが起こった。居合わせた大勢の作戦参謀たちは喚声を上げて、喜び合った。

周金平国家主席という玉を摑めば合法的な大儀名分がつき、反革命罪や国家反逆罪に問われることはない。天下に堂々と救国将校団の主張を展開することができる。

いくら自分たちの主張が正しいとしても、合法的でなければ、反政府造反といわれかねない。

「ようし、そうこなくてはな。これで最大の難関は突破した。」

楊大校は周大校と顔を見合わせ大きな拍手をした。参謀たちは互いに肩を叩き合ったり、握手をし合った。劉小新は念の為に沈中尉にきいた。

「大筋で、とはどういう意味だ？　受け入れられない要望もあるというのか？」

「軍事委員会が決定する上で、救国将校団にいくつかの条件がついたそうです。救国将校団としても、人事などの点で妥協せざるを得なかったようです。それは秦少将閣下が戻り次第、説明してくれるでしょう。」

沈中尉は笑顔でいった。

「それから、朗報がもう一つ。たった今、38軍からも返事がありました。救国将校団の主張を全面的に支持、協同歩調をとるとのことです」

「ふむ。連中は党中央がわが救国将校団の要求を飲むと知って、いち早く態度を変えてきたな」

楊大校がにんまりと笑った。劉小新は楊大校に向いた。

「中南海への派遣部隊は、どうしますか？」

北京政府中枢の中南海には、救国将校団側の特殊部隊が地下道を使って突入し、護衛部隊を武装解除していた。

さらに中南海を味方の機械化部隊が二重三重に包囲し、最高指導者を奪還しようとする党中央派の部隊に備えていた。

「もう少し様子を見よう。そのまま待機させておけ。まだ安心はできん」

「分かりました」

劉は連絡下士官を呼び、部隊に待機命令を伝えるように命じた。

「さて、作戦は第二段階に入った。同志諸君、作業に移ってくれ」

俄かに作戦室は騒がしくなった。通信指揮室では地方や各部隊と連絡を取る電話や無線通信の声がやかましくなった。

「劉中校、郭中校、きみたちも来てくれ」

楊大校が隣室の作戦会議室へ顎をしゃくった。

すでに周大校が会議室の席につき、他の高級参謀たちと談笑していた。劉小新は躰の内から武者震いが起こるのを感じた。これから、自分たちがこの十三億の国を動かしていくのだ。

「凡そ用兵の法は、国を全うするを上となし、国を破るはこれに次ぐ。まずは、戦わずして勝つ。これ孫子の兵法なりだ。兄弟同志、しっかりやろうぜ。本当の戦いはこれからだ」郭中校がぽんと小新の肩を叩いてにんまりと笑った。

4

上海浦東新区　6月27日　午前4時半

街のざわめきが窓ガラスを通して伝わってくる。どこかで緊急の事件が発生したのか、けたたましいサイレンの音が響き渡っていた。どこからか聞き慣れないエンジン音や喧しい工事用重機の動く音が響き渡っている。

南郷賢はベッドから身を起こした。傍らに寝ていたジェイ（潔）がなにごとか寝言をつぶやきながら、寝返りを打った。シーツがはだけ、淡い明かりの中に滑らかな肌のジェイの背中が見えた。彼女の背中を優しく撫でた。彼女はみじろいだが、すぐに軽い寝息をたてた。窓の外はようやく青さに白みが混じりはじめていた。

トラクターか掘削機を移動させるキャタピラーの音はあいかわらず聞こえてくる。しかもキャタピラーの音は何台も続いている様子だった。南郷は枕元のサイドテーブルから腕時計を取った。

まだ午前4時半だ。

窓の外の空が白々としている。

こんな早朝から、いったいどこの建設会社が工事を始めたというのか？　人騒がせな連中め！

賢は悪態をつきながらジェイを起こさぬように、そっとベッドを抜け出し、椅子にかけてあったパンツをはいた。ガウンを羽織り、台所の冷蔵庫を開けた。冷えた青島ビールを取り出し、プルトップを抜いた。ひんやりしたビールで喉を潤しながら、鉄格子のはまった窓辺に寄った。クーラーがからからと音をたてながら、冷気を吐き出している。

賢の高層アパートは浦東新区の新興居住地区の一角にあった。地上四十階から見渡す夜景は壮観だった。目の前には上海の街が一望に広がっている。東の空は明るくなっているが、まだ街の灯は銀河のように美しくきらめいていた。ビールを飲みながら、レースのカーテンの端を寄せ、はるか下を走る通りを見下ろした。

通りには黒々とした異様な車輛が並び、移動していた。騒音をたてているのは、その車輛群だった。

賢は目をこすり、ガラス戸を押し開けて、通りを見下ろした。

異様な車輛にはいずれも棒状の長い砲がついている。

戦車だ。戦車が何台何十台と並んで進んでいる。

いったい、何が起こったというのだ？

賢は急いでケータイを取り上げた。伍代商事上海支社長の神山に電話を入れた。呼び出し音を十回以上鳴らしたが、神山は出なかった。

ついで別の番号にダイアルした。

お話中の発信音が鳴り響いていた。いったん電話を切って、リダイヤルのボタンを押した。まだ回線は塞がっていた。

もう一度リダイヤルしたが、相変わらず回線は繋がらなかった。

賢は渋った。回線は緊急時以外、常に開けてあるはずだった。

「どうしたの？」

ベッドからジェイが声を掛けた。賢は時計を睨み、やや間をとってリダイヤルを続けた。話し中だった。それとも回線が閉鎖されて繋がらないのか？

「おかしい。様子が変なんだ。戦車が出動している」

「まさか」

半信半疑の様子でジェイはベッドから全裸で這いおりた。ジェイは賢の背後から寄り掛かった。賢の耳に熱い息を吹きかけた。賢は構わずリダイヤルのボタンを押した。

「ジェイ、嘘じゃない。窓の外の通りを見てみろ」

ジェイは裸のまま、鼻歌を唄いながら窓辺に近寄った。

「あ、ほんと。どうしたというのかしら」

ジェイは賢のところに戻り、またしなだれかかった。

「どうせ演習でしょう。ケン、私たちには関係ないわ。まだ起きるまでには時間があるでしょう?」

ジェイは賢の顔を両手で押さえ唇を重ねてきた。熱くてなまめかしい舌が賢の歯をこじあけ、口の中に入ってきた。不完全燃焼の欲望に火がつき、賢はジェイの裸身を抱き抱えた。

何が起こったとしても、自分には関係ない。この中国では何が起こっても不思議ではない。ジェイのいうように、軍が演習で戦車を出したのかもしれない。そんなことで、いちいち領事館や伍代商事に連絡を入れていても、かえって迷惑というものだろう。自分はただの雇われ通訳だ。余計なでしゃばりはやめておこう。

賢はジェイの熱くほてった躰を抱えて、ベッドに運んだ。ジェイはベッドに下ろされると、賢の躰を両腕でしっかりと抱えて、ベッドの中に誘い込んだ。賢はキスをしたまま、ジェイに覆い被さった。

5

台湾・台北　6月27日　正午

窓の外から、地鳴りのように繰り返される王学賢総統万歳の声が聞こえた。台湾総統選挙により再選された王学賢総統を称える群衆の歓呼の声だった。中華民国の国歌の斉唱も窓の外から響いてくる。

窓辺には、さんさんと太陽の光が差していた。それはまるで新生台湾の誕生を祝福する神の喜びの光のようだった。

今度の総統選挙は、事実上、独立の道を歩むのか、それとも、現状維持のままで行くのか、の二択のうち、どちらを国民が選ぶのか、民意を問う選挙だった。

国民の審判が下ったのだ。

王学賢は床に跪き頭を垂れて、しばらくの間、心から全知全能の神に感謝の祈りを捧げた。頃合を見て、選挙スタッフの一人が王学賢にいった。

「王学賢総統閣下、もう一度、支持者の国民に応えてください」

「うむ。みんな、本当に私のために運動してくれてありがとう。当選できたのは、きみたちのお陰だ。ありがとう」

王学賢総統は周囲に集まった選挙スタッフに頭を下げた。

「なんの、これは王先生の人徳というものです。さあ、もう一度、広場に集まった支持者の国民にご挨拶を」

側近の洪健議員が王学賢に歩み寄っていった。

「そうです。王総統閣下、みんな待っています。もう一度国民にご挨拶ください」

王学賢は側近の政治家たちに促され、再びベランダに立ち、総統官邸前の広場や通りに集まった何万という大群衆に両手を高々と上げVサインを作った。

群衆からまた歓呼の声が怒濤のように湧き起こり、広場に谺した。林立した中華民国国旗が大きく波打った。

「総統閣下、支持者たちに、何か一言、お願いします」

広報担当の男が感激で紅潮した顔を王学賢総統に向け、何本も束ねたマイクを差し出した。

ベランダに据えられたテレビカメラのライトが王総統の顔を照らした。周囲を取り囲んだカメラマンたちのフラッシュが一斉に瞬いた。

王学賢総統はマイクの前に立ち、ひと呼吸ついてから、広場の聴衆を見回した。

「台湾国民の皆さん！　私を総統として信任してくれて、ありがとう。総統として、二期目を迎えるにあたり、私は古くて、しかし、いまも新しい、アメリカ合衆国大統領リンカーンの言葉を借用して、皆さんへの感謝の言葉に替えたい。われわれは、いまや台湾人の、台湾人による、台湾人のための台湾国家建設を目指して輝かしい第一歩をここに踏み出したことを宣言する！　民主台湾万歳！　新生台湾の前途に神の祝福あれ！」

王学賢総統は北京語ではなく、わざわざ閩南語（台湾語）で誰にも分かるようにゆっくりと演説した。

また割れるような拍手が起こり、大歓声が湧き上がった。王学賢総統を称える声が燎原の火のように群衆に広がっていく。

王学賢総統は熱狂する群衆に手を振りながら、ベランダから部屋に引き返した。国民党運動員や新聞記者たちに揉みくちゃになり、秘書官やボディガードに守られながら、王総統はようやくの思いで国民党本部の総統執務室に引き揚げた。

執務室の壁には、蔣介石総統や蔣経国総統など歴代総統の肖像画が飾られている。それらに並んで敬愛する李登輝総統の肖像画もあった。

王学賢は肖像画を感慨深げに眺めながら、黒檀の大机を回り込み、総統の椅子に深々と座った。

王学賢は心の中で祈った。

「李登輝先生、二期目の信任を受けました。先生の思いを引き継ぎ、ぜひとも我が手で悲願を成し遂げたいと思います」

王総統は李登輝の肖像画に黙礼した。

総統の椅子はどっしりとしていて座り心地はいいものの、この椅子に座る者の両肩にかかるプレッシャーは並み大抵のものではない。

なにしろ台湾2340万人の運命が、この椅子に座る者の舵取りにかかっているのだ。

相手は巨大な龍、13億人の大国中国である。

人口比で見れば、我が台湾は中国の一省にも及ばないだろう。だが、経済力の比較でいえば、我が台湾は決して大国中国に劣ることはない。

むしろ、ハイテク産業などでは、中国を上回り、多くの企業が大陸へ進出しているくらいだ。

『見習うべくは日本である』

李登輝先生が常々口にしていたのは、アジアの先進国である日本のいい面を学び、取り入れることだった。

日本は、中国大陸の端に位置する小さな島国で、人口も1億3千万人。中国の十分の一でしかないが、経済力では、アメリカや中国に伍している。

かつて台湾は清国の属州にされていたが、清が日清戦争で敗れた結果、下関条約で台湾は日本へ永久割譲された。以来、日本が連合国に敗戦するまで、台湾は日本領だった。

その後、蔣介石の国民党政府の中華民国が中共軍に追われて、大挙台湾に移転。首都を台北に置いて、台湾を実効支配した。

以来、台湾は中華民国の領土となっている。

大陸には中共の中華人民共和国が樹立された。そのため、大陸と台湾と、事実上二つの中国が存在することになったが、互いに相手を国家として認めず、今日にまで至った。

その後、台湾は、統一か、台湾独立か、それとも、現状維持か、の三つの選択肢の間で揺れていたが、紆余曲折があった末に、ようやく台湾独立を主張する民主自立党(民自党)の王学賢候補が、今度の選挙で国民の圧倒的な支持を受け、大陸中国との統一を訴えた国民党候補を下して、二期目の総統に選ばれたのだった。

民自党は、民進党と、李登輝を精神的指導者とする「台湾団結連盟」、台湾独立を志向する政治団体が合同して結成されたものである。

日本はアメリカなど連合軍と戦い、原爆を使用されて完膚なきまでに敗れた。しかし、日本人は不屈の精神で瓦礫の原から立ち上がり、まるで不死鳥のように火の中から蘇った。

それも、かつての軍国主義国から、アメリカのような民主主義国家に変身して。

台湾も一時は大陸から逃げて来た蔣介石総統政権の苛烈な独裁政治に苦しんだことがあったが、独自の経済発展を遂げ、いまでは政治的にも民主的国家に変身して、世界から存在を認められている。

しかし、これからが大変だ。今回の総統選挙には大陸の中国も神経を尖らせ、台湾独立の気運を抑え込もうと露骨に干渉して来た。

いわく、中国は台湾の独立を決して認めない。もし、台湾が独立をめざしたら、「反国家分裂法」により、武力を使ってでも独立を阻止する。

さらに、中国は以前から警告しているように、アメリカが台湾海峡での武力紛争に介入した場合、核攻撃も辞さない、とアメリカを強く牽制した。

総統選挙の運動期間中には、中国軍が対岸でミサイル発射演習を行い、台湾に脅しをかけた。

そうした一連の脅しは、台湾国民を震え上がらせたものの、逆に中国の強圧的な態度に激しい反発を呼び起こした。

反中嫌中ムードが台湾全体に広まり、それが王学賢候補の追い風になった。

総統選挙は異常に盛り上がり、投票率も80パーセントを超えることになった。

かくして、王学賢は大陸中国と「統一」を主張する国民党候補に大差をつけて、勝利する結果になった。

これから先は、アメリカと日本を、そして国連加盟国を、どうやって味方につけるかにかかっている。

台湾単独では、どう見ても、大陸中国に勝利するのは難しい。

中国も、アメリカと日本が台湾の庇護者にならぬよう、あらゆる手を使って分断しようとするだろう。

そうした台湾海峡の武力紛争危機を感じ取って、先週、アメリカ大統領は急遽、北京に飛び、周金平国家主席と首脳会談を行ったのだろう。

アメリカ政府の密使が、盛んに台北にやって来て、王学賢陣営に独立を急がないよう自重を呼び掛けて来た。

もし、台湾が本気で独立しようとして、中国との戦争になった場合、アメリカは介入しない、とも通告もした。

王学賢は「すべては台湾国民が決めること、国民の大多数が台湾独立を望んだ場合、中国との戦争になっても民意を貫く。台湾国民は、中国軍のミサイル攻撃で火達磨になっても、独立の意志を変えることはないだろう」

そして、密使にいった。

「アメリカが大英帝国から独立した時も、独立しようという民意があったのではなかったのか？」

密使は王学賢の決意の固さに、何もいわずに引き上げて行った。

「李登輝先生、あなたでしたら、何とお答えなさっておられることでしょうか？」

王学賢は李登輝の肖像画を見ながら、一人問いかけていた。

秘書官が執務室に入って来た。秘書官は静々と王学賢に頭を下げた。

「総統閣下、さっそくですが、会議室で内閣のみなさんがお待ちしております」

「うむ。そうか」

王学賢は意を決して立ち上がった。

総統再選早々、喜びも束の間に、緊急の国家安全保障会議が待っているのだ。

秘書官を伴い、執務室から廊下に出た。

隣の会議室のドアを開けると、円卓に座っていた閣僚たちが一斉に立ち上がった。

「総統閣下、再選、おめでとうございます」

閣僚たちは口々にいった。

「ありがとう」

「おめでとうございます」

楊院長をはじめ、みんなは口々に祝いの言葉を述べ、王学賢と握手を交わした。

王はゆっくりと円卓の中央の議長席に腰を下ろした。

円卓には、主要な閣僚たちと、軍関係者や情報機関の代表たちが席についていた。

楊軍《ようぐん》行政院院長（首相）、鄭準《ていじゅん》外交部長（外相）、徐毅《じょき》国防長官が顔を並べている。

さらには、陳明《ちんめい》参謀総長、軍統（軍情報部）の董治中《とうちちゅう》部長、安全保障問題特別補佐官の張尚武《ちょうしょうぶ》博士の顔もある。

王学賢総統は当選した喜びも束の間、厳しい現実に引き戻された思いだった。

全員が祝いの言葉を述べた後、楊院長が真剣なまなざしを王に向けた。

「総統閣下！　早速ですが」

王は身を乗り出した楊行政院院長を手で制し、秘書官にお茶を持ってくるように命じた。「頭を一度切り替えねばならんのでな」

王は秘書官が持ってきた冷えたお茶をグラスに注ぎ喉を潤した。

ひとつ大きな深呼吸をして、気分をあらたにした。

そうしなければ、恐らく楊軍行政院院長たちが持ち込んでくる難問の山を迎える気持ちにはならない。

楊院長の報告は聞かなくても分かっていた。北京指導部の動きだ。

選挙の期間中も一瞬たりとも、北京の動向から目が離せなかった。

それというのも総統民選投票の最中に、北京では緊急の党中央軍事委員会が開かれ、軍首脳が何事かを相談していたからだ。

同時に中国軍が各地に出動待機し、事実上戒厳状態に入ったことが報告されていた。そのため王学賢は選挙に入る前に楊院長と陸海空三軍首脳に命じ、選挙期間中、第一級非常警戒態勢を取らせていた。

選挙の混乱につけこんで、中国指導部が台湾侵攻を軍に命じかねなかったからである。

この民選では、王学賢は、これまで選挙公約でも公然と出来なかった「台湾独立」を公約に掲げて戦った。

もう大陸中国に遠慮する必要はない。台湾は中華人民共和国の一省ではなく、独立した民主政体を持つ主権国家であることは世界に知られているのだ。

近隣のアジア諸国はもちろん、世界から台湾が中華人民共和国とは別の「民主的な独立主権国家」として認められている。

「一つの中国、一つの台湾」という実態を国際社会に公然と主張し、それが国際社会から認められなければ、永遠永劫、台湾は独立できないだろう。

今後、ますます中国は大国への道を進み、世界に覇権を求めて行くだろう。まだいまなら、アメリカや日本が中国の覇権主義を認めない立場から、民主台湾を見殺しにはしないだろう。

しかし、中国がさらに強大な軍事力を持ち、アメリカに伍する超大国になったら、アメリカも日本も中国に口を出さなくなるだろう。そうなってからでは遅い。

アメリカや日本、ヨーロッパ諸国やロシアなどの支持を得て、国連に独立台湾として再加盟する。

そこで初めて台湾の「独立」と「安全」が保障されるのだ。今度の民選で、国民の大多数が、そうした私が訴えた政治綱領を支持してくれたのだ。

王学賢総統は、ようやく心を落ち着かせた。執務室に集まった閣僚の面々を見回した。

「では、院長（首相）、話を聞こうか」

「北京に軍によるクーデターが起こった模様です」

「なに？　クーデターだって」

王学賢は思わぬ事に腰を浮かした。楊行政院院長の顔を見た。

「周金平が殺されたというのか？」

「いえ、周金平国家主席は無事な様です。詳しいことは董部長から説明してもらおうか」

楊院長に促され、董治中軍統部長は報告書を王学賢に差し出した。

董治中は痩せぎすの小男だった。長年、諜報畑をくぐってきた者特有の陰険さを顔に宿している。これまで王学賢は董治中の笑顔を見たことがない。

王学賢は極秘と記された文書のページをめくった。選挙期間中の人民解放軍の動静が記されていた。

董部長は女性のように甲高い声で説明した。

「現地からの報告では、クーデターは軍中枢を握るテクノクラート将校たちによって決行されたようです。まだ首謀者たちの詳細は不明ですが、彼らは『民族統一救国将校団』と名乗るグループとのことです。救国将校団はこの数年の間に密かに将校たちの中に作られた秘密結社で、人民解放軍の将校たちに広く支持者を持っているらしい。その結社の趣旨は、行き過ぎた改革開放路線を是正し、倒官打倒、粛軍を目指す民族主義派と思われます」

「その民族派将校団が、北京の権力を握ったというのかね？」

「まだ詳細は分かりません。これまで入っている情報を分析すると、民族統一救国将校団は中央軍事委員会の乗っ取りを図ったと見られます」

「中央軍事委員会を乗っ取る？」

王学賢は顎を撫でた。

中国共産党中央軍事委員会は、陸海空三軍や第2砲兵を動かす最高機関だ。中央軍事委員会の主席には、周金平国家主席が就き、全軍を掌握している。

その最高司令部を乗っ取ろうというのか？

「そのために数日前から、首都防衛作戦の演習と称して、北京軍区の数個師団の軍を動かし、中南海を包囲したようです。ちょうど、中央軍事委員会が開かれる予定だったため、中南海に、全軍事委員が招集されていた。救国将校団は、それを狙って中南海に押し掛けたと見られます」

「中南海は最精鋭の首都警備部隊によって、厳重に守られていたのではないのかね？」

「救国将校団は首都警備部隊にも仲間を作っていたらしく、クーデター部隊と多少銃撃戦があったそうですが、警備部隊は、いまは救国将校団側についたようです。いまのところ、そこまでしか分かっていません」

「いったい、今後、どうなるのかね。クーデターの結果、我が国にとって、プラスになるのか、それともマイナスになるのか？」

王学賢は腕組みをした。

「いましばらく様子を見ないと、これから、どうなるのか判断がつきかねます」

「それはそうだな」

「現在、各方面からの情報を集めている段階です。ただ、はっきりしていることは中国軍の動きが活発になったことです。その点については参謀総長から話していただいた方がいいでしょう」

　董部長は参謀総長の陳明大将に顔を向けた。

　陳大将は空軍出身の温厚な風貌をした白髪の紳士だ。

「衛星写真によりますと、北京大軍区、瀋陽大軍区、南京大軍区のいずれにおいても、機甲師団が移動しているのが分かりました。北京大軍区では第27軍麾下の機甲部隊が北京市内へ入り、中南海を包囲しています。瀋陽大軍区、南京大軍区でも機甲部隊同士が対峙するように展開しています。恐らくクーデター部隊と反クーデター部隊に割れているのではないかと思われます」

「もしかして、内戦になるかな？」

「そうあってくれると、我が国は助かるのですがね」

　楊院長はそういいながら、眼鏡を外し、ハンカチで曇りを拭った。

　徐毅国防長官が口を挟んだ。

「総統閣下、楽観はできませんぞ。クーデター部隊の救国将校団が、いまの政権以上に強硬派であったら、逆に我が国への侵攻を決心するかもしれない」

　張尚武特別補佐官は微笑しながら、口を挟んだ。

「閣下、これは我が国にとって、千載一遇のチャンスかもしれません。密かに、アメリカや日本、露英仏独印などに根回しして、国連加盟を打診すべきかと思います」

「千載一遇のチャンスか」

王学賢は考え込んだ。

張補佐官のいうことも、もっともだった。

もし、中国政府が内紛を抱えて混乱し、台湾問題から目が逸れれば、直ちに独立を宣言して、国連加盟を進める絶好の機会かもしれない。

王学賢は董治中部長に顔を向けた。

「第2砲兵の動きについて、何か変化はないかね？」

「いまのところ、際立って変な動きはありません」

中共軍の第2砲兵部隊は、核ミサイル部隊だ。

中国軍部は、台湾の独立阻止のためには、核ミサイルを使うのも辞さないと公言している。しかし、核先制攻撃はしない、とも宣言しているので、周金平国家主席もそう軽々しくは核ミサイルを台湾に打ち込むようなことはしないだろう。

だが、通常弾道ミサイルの雨が台湾の主要都市や軍事基地に降り注ぐような事態は想定しておかねばならない。

対岸に展開する第2砲兵のミサイル基地のミサイルは、すべて台湾に向けられていると見ていい。その数は200基を超える。

「軍の方では、何か第2砲兵の動きを摑んでいるかね？」

「いえ。衛星写真を見る限り、いまのところ、目立った動きはありません」

陳参謀総長は頭を左右に振った。

「しかし、気になる動きが中国海軍の方にあります」

「ほう、何かね」

「衛星写真によると、一月以上前から、南海艦隊のミサイル駆逐艦、フリゲートが次々に出航しているのです」

中国海軍は北海艦隊、東海艦隊、南海艦隊の三艦隊を有している。

総艦艇数は約1000隻。空母3隻、潜水艦は70隻、主要水上戦闘艦90隻、小艦艇や両用戦艦艇、輸送艦、揚陸艦など約800隻。航空機700機。

北海艦隊は青島に艦隊司令部があり、渤海と黄海を担当している。

寧波に艦隊司令部がある東海艦隊は台湾を睨んだ東シナ海正面の防衛を担当している。

南海艦隊は湛江に艦隊司令部があり、南沙諸島を含む南シナ海の防衛を受け持っている。

「駆逐艦などが我が台湾に向かっているというのかね？」

「いえ。艦隊は南に向かっているようです」

「南シナ海か？」

王は徐毅国防長官と顔を見合わせた。

南シナ海は、中国が南沙諸島に新たな軍事基地を建設したため、周辺諸国のフィリピンやベトナム、マレーシア、インドネシアなどと一触即発の緊張状態にある。

先に開かれた緊急米中会談は、その緊張緩和のために開かれたと聞いていた。

「南沙諸島周辺の動きは？」

「衛星写真では、依然として中国が多数の駆逐艦やフリゲートを南沙諸島周辺に張り付けて、フィリピン海軍やインドネシア海軍の艦船と睨みあっているようです。どちらも一歩も引かぬ構えで、互いに示威行動を取っているようです」

「アメリカ軍は？」

「アメリカも艦艇を出して、フィリピン海軍を支援しているようです。盛んに哨戒機を飛ばしています」

「日本の海上自衛隊は？」

「日本の海上自衛隊は艦艇も哨戒機も出していません」

「どうしてかね？　フィリピンやベトナム、インドネシア、マレーシアなどASEAN諸国が日本へ助けを求めていたはずだが」

「日本は国内事情があって、まだ出せないようです」

「しかし、日米は軍事同盟で、両国は一緒に行動しているはずだが」

「日本は東シナ海の尖閣や沖縄諸島の防衛で手が一杯なのでしょう。南シナ海までは手が回らないのでは？」

「ううむ。そうか」

王は内心、台湾危機にあたり、日本を頼りにするのは、はなはだ危険かもしれない、と思うのだった。しかし、アメリカさえ、台湾救援に乗り出せば、日米同盟上、きっと日本もアメリカに同調して救援に乗り出してくれるはずだ、とも思った。

それには、事前にアメリカと日本の同情を買うよう深く根回ししておかねばなるまい。

「引き続き、中国艦隊の動向を監視しておいてくれ」

「分かりました」

陳参謀総長はうなずいた。

中国艦隊が動き出し、その一方で北京にクーデターが起こった。

普通なら、クーデターが起これば、中国艦隊は国内の紛争に備える動きを取るはずだ。それが、まるで関係がないように、中国艦隊は南シナ海をめざしている？

いったい、中国は何をしようというのか？

王学賢は不安を覚え、閣僚たちの顔を見回すのだった。

6

東京・総理官邸　6月28日　午前8時

官邸会議室に緊急招集されて集まった国家安全保障会議NSCの閣僚たちは、真剣な面持ちで、国家安全保障局（NSA）の松元誠治長官の報告に耳を傾けていた。

浜崎首相は閣僚たちを見回した。

石山内閣官房長官、青木外相、葛井法相、栗林防衛相、紺野国土交通相、津島財務相、川島経済産業相、そのほか、首相特別補佐官や外務省情報局長、自衛隊統合幕僚長、自衛隊中央情報本部長など、NSCメンバー全員が顔を揃えている。

日本の頭越しの米中首脳会談の衝撃がさめやらぬというのに、今度は中国にクーデターが起こったというのか。

議長の席で浜崎茂首相は腕組みし、しっかりと目を開いて、松元長官を睨んでいた。

「…軍の少壮軍人グループが党中央軍事委員会の実権を握ったものと思われます」

「ううむ」

「洩れ伝わって来る情報では、民族統一救国将校団は自分たちの言い分をいってくれる軍長老を担ぎ、中央軍事委員会に乗り込み、周金平中央軍事委員会主席に彼らが望む人事を要求したとのことです」

「ふうむ。で、だれが周金平に代わって中央軍事委員会主席になったというのだ？」

「中央軍事委員会主席はこれまで通り、周金平国家主席に変わりはないとのことです」

「ほう？　では、中央軍事委員会の人事の何が変わったのかな？」

「まだ発表はありませんので、不明です」

外務省の辻村彰情報局長が手を挙げた。浜崎首相は発言を許した。

「未確認情報ですが、こちらには協力者から中央軍事委員会の秘書長と国防相が解任されたらしいと。それから周金平中央軍事委員会主席は、新しく国家軍事委員に、少壮軍人グループのメンバーを多数抜擢したという情報があります」

中国軍には、党中央軍事委員会とは別に、政府直轄の国家軍事委員会もある。

もちろん、党中央軍事委員会が最高決定機関であり、政府機関の国家軍事委員会は、その下におかれている。

栗林勇防衛相が松元長官に質問した。

「その少壮軍人グループというのはどういう連中かね？」

松元長官は、一呼吸ついてからいった。

「『民族統一救国将校団』を名乗る少壮将校たちです」

「たしか、人民解放軍には八上将派と楊家将派の二大派閥があったと思うが、どちらの派閥の将校たちだ？」

「八上将派や楊家将派といった旧第一革命世代の老将軍たちや、その後継者の第二革命世代の将軍たちは亡くなったり隠退したりして、次第に数が減るとともに派閥としての求心力はほぼない、と思われます。代わって登場したのが、比較的に若い、太子党の四、五十代の第三革命世代の新しい勢力です。それが『民族統一救国将校団』です」

「なるほど、太子党である点では、周金平国家主席と同じだな」

「その通りです。彼らの特徴は、鄧小平や江沢民が進めてきた軍近代化の過程で生まれてきた若手軍事テクノクラートであるということです」

「軍事テクノクラート？」

葛井護法務大臣が渋い表情で口を挟んだ。日頃から、横文字を使う手合いに嫌悪感を抱いている老政治家だった。

「近代戦に不可欠なハイテク軍事技術やＩＴ電子技術に精通している軍事官僚といっていいでしょうか」

「ならば、はじめからそういってくれんか。わしらのような旧世代のロートルは横文字がどうも苦手でな」

出席者たちは苦笑いした。葛井法相は出席者たちを憮然とした顔で見回した。葛井法相は七十代で、閣僚の中では最高齢だった。

浜崎首相が辻村情報局長に訊いた。

「誰がその少壮軍人グループの救国将校団を率いているのかね？」

「救国将校団の実態はまだ判明しませんが、北京の大使館が集めた情報では、その中心人物は秦平少将と賀堅大校とのことです」

「二人はどんな経歴の軍人だね？」

「詳しい経歴は分かりません。分かり次第にお知らせします。いま分かっているのは、秦少将はまだ五十歳になったばかりで、総参謀部の現作戦部長です」

「ほほう。で、賀堅大校は？」

「賀大校、つまり賀上級大佐については、年齢が四十代後半ということ以外、経歴など詳しいことは分かっていません。しかし、どうやら賀大校は、かつての故賀竜元帥の孫にあたる人物で、北京大軍区司令部の現役の参謀長をしていると聞いています」

辻村情報局長はいったん言葉を切り、他に質問はないかと出席者を見渡した。

「それで、北京政府はどう変わるのかね？」

川島弘一経済産業大臣が訝しげにいった。辻村はうなずいた。

「まだ、どう変わるかは不明です。これまでの情報を総合すると、どうやら周金平国家主席の体制は維持されるようです」

「では、何の意味があってのクーデターだったのだね」

川島経済産業大臣が身を乗り出した。

浜崎首相が国家安全保障局ＮＳＡの松元長官に発言を求めた。

「松元長官、ＮＳＡとしては、どう見ておるのだ？」

松元長官はおもむろに口を開いた。

「彼ら民族統一救国将校団は、地方と都市の格差拡大、貧富の差の増大を憂い、闇雲な経済発展による資本主義経済の導入で社会が混乱していることに危機感を抱いています。地方分権が拡大し、地方と中央軍がばらばらになって、軍ごとに群雄割拠しているのを統一したい。そのため党中央の指導力低下に不満を持ち、改革開放政策の行き過ぎを是正しようとしている。そのことでは、救国将校団は守旧派のように見えますが、そうではありません。『民族統一』を主張しているところから見て、社会主義的民族主義強硬派であることだけは確かです」

「強硬派だというのか？」

「はい。それも現状改革の急進派の恐れがある。彼らが前面に掲げているのは『粛軍』『腐敗官僚の打倒』『党官僚の汚職追放』です。それらの内容はまだ明らかではないが、人民解放軍が自らの姿勢を正し、建軍以来の精神を取り戻すとともに、軍が党に代わって、失墜した党中央や国家の権威や指導力を回復し、開放経済でばらばらになった地方に睨みを利かせて、民族統一のたがを締め直そうとしているように見受けられます」

浜崎首相は頭を振った。

「ほほう。救国将校団は、戦前の二・二六事件の義憤に燃えた青年将校たちみたいだ」

「その通りです。彼ら救国将校団はさかんに地方の貧困農村の救済策や都市に流れ込んだ失業者救済対策を訴えているという情報もあります。改革開放経済で都市と農村の格差が拡大し、それが中国を滅亡に導きかねないという危機感が彼ら軍官僚たちをクーデターに駆り立てたのだろうと思います」

「すると今後、彼らは何をすると予想しているかね?」

松元長官は大きくうなずいた。

「救国将校団が周金平国家主席を倒さなかったことに注目すべきでしょう」

「というのは?」

「救国将校団の中心メンバーは、ほとんどが軍事大学出身のエリートや技術将校と見られます。陸軍将校が主体と見られますが、かなりの数の海軍将校や空軍将校も加わっているらしい。そして、彼らは現海軍司令員の呉勝利上将を支持していると思われます」

「呉勝利？」

「周金平国家主席よりも八才年上で、呉勝利上将と周国家主席は、同じ省軍区で軍務についたことがあり、その頃から師弟のような信頼関係にあるといわれています」

「ほほう」

「御存知でしょう？　呉勝利上将は、アメリカ軍高官と会談した折、冗談めかして、太平洋は広い、アメリカと中国の二大国でハワイのあたりを境に半分ずつ分け合ってもいいのではないか、といった人物です」

「おう、知っている。アメリカ軍高官は笑って受け流したが、それが中国軍の本音か、と分かったというのだろう？」

「はい。呉上将は、海軍の近代化に非常に熱心で、中国海軍もアメリカに対抗して空母を持とうと主張していた。台湾有事に備え、アメリカ軍の『接近阻止、領域拒否戦略（Ａ２／ＡＤ）』を唱えてもいます」

「ううむ。大変な戦略家だな」

浜崎首相は唸った。

松元長官は、いったん言葉を切った。

「呉上将が指導する中国海軍は、南沙諸島、英語名スプラトリー諸島の永暑礁、英語名ファイアリー・クロス礁を埋め立て、軍用滑走路を建設して軍事基地化し、不沈空母にしようとしています。そうした呉勝利上将を支持したクーデターですから、今後の動きは、おおよそ分かるというものでしょう？」

栗林防衛相が苦笑いした。

「不沈空母だと？　第二次大戦に戻ったような古い発想ですなあ。空母は、どこへも出没することができる機動性があるから効果があるものでしょう。ただ沈まなければいい、という発想は古過ぎる」

浜崎首相も頭を振った。

「ほんとですな。クーデターは周金平国家主席が反対派を粛清するために救国将校団を焚き付けて行わせた出来レースということもあるな」

「そうかも知れません。しかし、いまのところ、周金平国家主席がやらせたクーデターというよりも、軍内の民族主義的過激派将校たちが周金平国家主席や呉上将を取り込んで行ったクーデターという性格が強いと思われます。中央軍事委員会のトップの二人を取り込めば、軍を味方に付けることが出来る。いくら党中央を占める党官僚が抵抗しても軍を握った者にはかなわない」

松元長官はうなずいた。

石山内閣官房長官が唸った。

「民族主義過激派か。とんでもないことになりましたな。そうなると、中国の覇権主義がますます露骨になるということですな」

　浜崎首相は松元長官を見つめた。

「どうかね、君の考えは？」

「救国将校団は、日米に勝つには、日欧米並みの近代的な軍にしたいと考えています。だから、今後救国将校団が主導する中国政府は陸軍の近代化はもちろんですが、優先的に空軍力と海軍力を強化するだろうと思われます。

　救国将校団が決起した背景には、台湾併合問題や南沙諸島領有権問題など領土保全問題がある。だが、昔ながらの人海戦術を捨て切れない陸軍の古い軍事力では、領土を守るために役に立たないという焦りがあったことと思います。彼らは改革開放経済を多少犠牲にしても、近代的な軍事力の増強に大金を注ぐつもりだと推測します」

「そうだとすると、我が国にとっては困ったことになりそうですな」

　川島弘一経済産業大臣が眼鏡を外しながら浜崎首相に顔を向けた。

「中国政府が改革開放経済政策を止めるかもしれませんぞ」

「そうなのかね、松元長官？」

「いえ、開放経済を止めることはないでしょう。救国将校団はいまのところ軍事委員会を掌握し、軍首脳部と党政治局を押さえただけで、国の行政機関、つまり国務院は握っていない。それに、彼らも開放経済で国が潤うことで軍備を近代化できるのを知っていますから、開放経済政策は続行されると思います」

「ならばいいが、万が一、昔に逆戻りして、社会主義政策を取り、海外資産を没収したり、進出企業を国有化するなどされたら、えらいことになりますからな」

川島経済産業相はハンカチで額の汗を拭った。

津島財務相もため息混じりに頭を振った。

「まったく。この政変で、これまで日本が中国に投資した莫大な資産や債権は、どうなるのか、心配ですからな」

閣僚たちは事態の深刻さに動揺し、ざわめいた。

石山内閣官房長官がみなを静めた。

「まだ政変は進行中で、状況は流動的です。今後の動きを慎重に見守りながら、対策を立てておく必要があると思われます」

浜崎首相は出席者を見回した。

「関連して厄介なことが、もうひとつある。そうだったね、青木外務大臣」

「はい。そうなのです」

青木外相は手元の資料にちらりと目を落としてから話し出した。

「台湾情勢が急を告げています。ご承知の通り、台湾の総統直接民主選挙が国際ボランティアの監視の下に行われ、昨日開票された結果、王学賢総統が大差で国民党候補を破り、再選されました。王学賢総統は、今度の選挙では、公然と台湾独立をスローガンにし、それが圧倒的多数の住民に支持されたわけです。こうした台湾に対して、わが国はどう対処していくべきかです」

青木外相は閣僚たちを見回した。

「我が国はこれまで日中国交回復以来、『一つの中国』の立場に立ち、台湾との経済関係は続けながらも、台湾との正式な外交関係は断って来ました。今後も、引き続き、我が国は台湾を国として認めず、これまで通り、中国との外交を主として行くべきだと思いますが」

「議長」

栗林防衛相が発言を求めた。浜崎首相は栗林防衛相を指名した。

「防衛相、異論がおありかな」

「総理、たしかに当面は『一つの中国』路線で行くのに問題はないが、クーデター後の中国の動向によっては、対台湾政策を見直すべきかと思いますが」

「どういうことかね？」

「中国の覇権主義を阻むためには、台湾が非常に重要な位置にあると思われます。今後、中国が太平洋に第一列島線を越えて進出しようとする時、台湾を我が方が押さえているか否かがキイポイントになるでしょう。そのためにも、今回、台湾住民の大多数が中国に併合されるのに反対を表明したことを重視すべきだと思うのです」

「つまりは、我が国は台湾の独立を認めるべきだというのかね」

青木外相が手を挙げた。

「私は防衛相の考えに反対ですな。そんなことをしたら、中国との戦争になりかねない。たとえ、クーデターで中国の覇権主義が強まったとしても、我が国は平然と従来からの態度を変えず、中国を無用に刺戟しないことが肝要でしょう」

栗林防衛相は頭を振った。

「外相の考えは、よく分かるが、何事も我が方の都合がいいようには動かないもの。中国は今後、どう動くかを予想して、先手先手で動かないと、我が国がいくら望んでいなくても、相手から戦争を仕掛けられる可能性がある。尖閣諸島の領有権を主張する中国が、軍事クーデターにより、これまでよりも好戦的になるだろうことは火を見るよりも明らかでしょう。それに対して、我が方が手をこまねいていると、我が方は悪くなる一方だと思うが」

会議室の中が騒めいた。

浜崎首相が手で静めた。

「防衛相、今後、何が起こると予想しているのかね」

「最悪のことを想定しましょう。台湾が独立を表明したら、中国はどうするか？　これまで、中国が世界に宣言しているように、台湾に戦争を仕掛けるでしょう。その時、我が国は、どうするか？　台湾を見殺しにするか？　それとも、台湾救援のために紛争に介入するか？　その選択を迫られるでしょう」

葛井法相が訝った。

「介入だと？　そんなことは、いまの安保法制上もできないだろう？」

「もし、アメリカが台湾有事に軍事介入したら、安保条約上、即我が国はアメリカを助けて介入することになります」

栗林防衛相はうなずいた。

川島経済産業相がいった。

「防衛相、アメリカは台湾に軍事介入しないのではないか？」

「アメリカは、中国に自重を求めるだろうが、軍事介入まではしないでしょう」

紺野国土交通相も微笑みながら、川島経済産業相に同調した。

栗林防衛相は二人を諭すように反論した。

「それは希望的観測というものです。あってほしくない、という希望は予測ではない。最悪の場合を想定してこそ、事前に対策が立てられる」

青木外相がいった。

「しかし、栗林防衛相、南シナ海の緊張緩和のために、緊急に米中首脳会談が持たれたばかりではないか。米中は、我が国の頭越しに会談を持ち、蜜月関係に入った。それを壊すようなことを、中国もアメリカもしないと思うが」

「救国将校団のクーデターで、その蜜月状態は壊れたと思うべきではないですか？」

「…ううむ」

青木外相は黙った。浜崎首相は唸るようにいった。

「なるほど。防衛相は、台湾有事をアメリカは黙って見過ごさないというのだね」

栗林防衛相はうなずいた。

「おそらく、そう想定しておく必要があろうかと思います。事実、在日アメリカ軍は、台湾有事を想定して、すでに一週間ほど前からアラート2に引き上げています。沖縄、グアム、ハワイまでも含めて、兵員の休暇を全部取り消し、全軍臨戦態勢に入っているのです。すでに総理にはご報告してありますが、日米安保条約の建前上、我が陸海空三自衛隊も米軍の警戒態勢に同調して、当面隊員の休暇を取り消し、自動的に警戒態勢に入っています」

栗林防衛相はいったん言葉を切って続けた。

「こうした緊迫状態の最中、もし、万が一にも、米中軍が台湾周辺海域で交戦したら、日本は『存立危機事態』を迎えることになり、自動的に米軍を支援して参戦することになりましょうな」

会議室は水を打ったように静まり返った。

それまで静かに黙っていた向井原一進補佐官が手を上げて発言を求めた。向井原は安全保障問題担当の特別首相補佐官である。

「向井原補佐官、話してくれたまえ」

「台湾政策だけでなく、この際、我が国の対アジア政策全般の見直しをすべき時期に来ていると思います」

「うむ、なぜかね？」

「台湾の独立については、大国中国の覇権主義や膨張主義政策を警戒するアジア諸国がなによりも共感と同情を寄せています。多少、温度差はありますが、南沙諸島の領有権問題で、中国の横暴に怒っているフィリピン、マレーシア、インドネシア、西沙諸島の領有権争いをしているベトナムなどは、台湾独立に理解を示しています」

「うむ」

「さらに、中国がめざす『一帯一路』戦略に反発し警戒するロシアやインド、パキスタン、イランなどシルクロード筋にあたる諸国も、中国を牽制するために、台湾の独立に理解を示している」

葛井法相が口を挟んだ。

「向井原補佐官、その『一帯一路』戦略というのは何かね」

「中国の周金平国家主席が打ち出している二十一世紀のシルクロード構想です。一帯とは陸路のシルクロード、一路は海のシルクロードのことを指しています。これは2012年にロシアがいいだしたロシア中心の『ユーラシア連合』構想に対抗して出された中国中心の大戦略構想です。文字通り、『一帯』は中国から新疆ウイグル自治地区、カザフスタン、トルクメニスタン、カスピ海、アゼルバイジャン、トルコ、ウクライナ、ヨーロッパにまで延びる地帯、さらに海を『一路』、中国沿岸から、台湾、南沙諸島、西沙諸島、ベトナム、タイ、カンボジア、シンガポール、マレーシア、インドネシア、ミャンマーなど東南アジアを通り、バングラ、インド、スリランカ、パキスタン、イランから、サウジアラビア、UAE、クウェートなどアラブ諸国、エジプトを抜けて地中海に入るルートに沿う諸国をまとめた広域共同体を創ろうというものです」

「壮大な夢物語ですな」

川島経済産業相が冷ややかにいった。向井原補佐官は頭を振った。

「中国は本気です。その広域共同体を実体的に金融面で推進しようというのが、中国主導のアジアインフラ投資銀行（AIIB）であり、インドやブラジルまで巻き込んだ新開発銀行（BRICS開発銀行）です。中国は一帯一路事業のために、シルクロード基金（４００億ドル）も運用しています。なお、すでにＡＩＩＢにはフランス、ドイツ、イギリスなどを含む五十七ヵ国が参加しており、日米主導のアジア開発銀行参加六十七ヵ国に拮抗しています」

会議室内が騒めいた。浜崎首相が手で静粛にさせた。

「続けて」

「中国は、こうした経済で緩く地域をまとめながら、軍事的にも域内に覇権を求めようとしているのです。それで、ロシアやインド、アラブ諸国も中国に警戒心を抱き、台湾に関心を持っているのです。だから、台湾が独立を宣言し、国連に承認を求めるような事態になれば、東南アジア諸国をはじめ、ロシアやインド、ヨーロッパ諸国が、台湾支持に回る可能性がある。

もちろん、ロシアなどは台湾を、中国牽制のカードとして使おうとしているので、必ずしも台湾の独立を承認する立場ではないと思いますが」

「なるほど。それで？」

「我が国も、中国やロシアに対抗して、アジア戦略、世界戦略を持つ必要があるか、と思います。まずは、中ロ主導の上海協力機構ＳＣＯに対抗して、日米主導のアジア地域共同体構想を打ち出したらいかがか、と思います」

「アジア地域共同体ですと？」

川島経済産業相が訝った。青木外相も身を乗り出した。

「どのような構想なのです？」

「中国がめざす一帯一路戦略の対象となっているアジア諸国の参加を募り、まずは中国の一路構想の対象地域に楔を打ち込むのです」

「ほほう。面白い。邪魔をするわけだな。で、いったい、どの国の参加を募るのかね？」

「まずはＡＳＥＡＮ加盟のタイ、インドネシア、マレーシア、カンボジア、シンガポールさらにはベトナム、オーストラリア、インド、ミャンマー、スリランカ、そして、なによりも台湾です」

会議室内が騒めいた。

青木外相がぼそりといった。

「中国への経済戦争を仕掛けるようなものではないか？」

「その通りです。すでに経済戦争は始まっています。中国から仕掛けられている静かなる戦争です」

「なるほど」

「現代の戦争は、軍事だけの戦争ではありません。政治外交、宣伝、ネットの世界、経済的な戦争も含め、あらゆる分野での総力戦争です。たとえ軍事的に勝っても、政治的経済的社会的に敗北すれば、国は衰退します。逆もまた真なりですが」

「総力戦か、面白い考えだ。向井原補佐官、貴君の構想は何と名付けたらいいかな?」

「還亜一亜構想とでもいいましょうか?」

「還亜一亜だと?　何だね、それは?」

「明治日本は脱亜入欧をめざしました。いまや日本は、脱欧入亜し、還亜つまりアジアに戻り、アジアは一つになろうという一亜をめざす。還亜一亜構想です」

「アジアは一つか、古い発想だな。昔のアジア主義を彷彿させるな」

浜崎首相は、年長の葛井法相の顔を見た。

葛井法相は苦笑いした。

「おいおい、総理、わしゃ年寄りではあるが、第二次大戦以後の生まれだ。そんな古くさい標語は知らないぞ」

向井原補佐官は頭を振って笑った。

「アジアは多種多様、さまざまな民族の国があるが、一致協力して、平和に暮らそうという新アジア主義です。古い大日本帝国の大東亜共栄圏ではありませんから、念のため。中身は、日本とアメリカ、オーストラリアやインドネシア、インドなどが覇権をめざさず、互いに協力しあうアジア地域共同体です」

「面白い。石山内閣官房長官、国家戦略会議で、向井原補佐官の構想を取り入れた戦略を練り上げてくれ」

「分かりました。さっそく事務方にいいましょう」

石山内閣官房長官はうなずき、秘書官に小声で指示を出した。

浜崎首相はいった。

「話を元に戻そう。話はどこまでいっていたかな?」

「台湾が独立したら、どこの国が承認するか、というところでした」

青木外相がいった。

「そうか。で、外相、どうかね」

青木外相はうなずいた。

「東南アジアでは、南沙諸島領有権問題もあって、中国への反発から、同じく圧力を受けている台湾に同情する国が増えています」

「どこかね、それは?」

「フィリピン、インドネシア、シンガポール、マレーシア、ベトナムです。いずれも中国の覇権主義の脅威に怯えている国々です」

「なるほど」

「アジアでは、ほかにインド、ネパール、タイ、バングラなども台湾に同情的です」

石山内閣官房長官が頭を振った。

「同情が、はたしてあてになるものかは疑問ですな」

「確かに、それらの国々は、一国では中国に抗する力がない。それで、我が国とアメリカの動きに注目しているのです。もし、我が国やアメリカが台湾を認めるなら、自分たちも一緒にそうしたい、と」

「なるほど。大国中国と出来れば争いたくない、という気持ちはよく分かる」

浜崎首相は顎を撫でた。

栗林防衛相は、統合幕僚長の河原端大志海将に顔を向けた。

「統合幕僚長、自衛隊は台湾情勢について、どう考えているか、説明してほしい」

河原端統合幕僚長は姿勢を正した。

「はい。結論から申し上げれば、中国は、いずれ、それも遠からず、台湾侵攻を行うだろう、と想定しています」

「つまり、日本の『存立危機事態』が起こるというのだね」

「その通りです。その危機回避のため、ぜひとも、全力を挙げて外交努力をお願いしたい」

「どうして、そう考えるのか？」

「この度の中国のクーデターで、周金平政権は、民族統一救国将校団に引きずられ、開放経済は維持しつつも、民族主義的強硬路線を歩むものと思われます。もし、台湾が本気で独立を志向しはじめたら、中国はどんな犠牲を払っても独立阻止のため、台湾へ軍事侵攻するでしょう。

二十年前までは、中国と台湾の軍事バランスは、総合的には中国が優っているものの局地的には台湾の方がやや上でした。中国は台湾の背後にいるアメリカが介入するのを恐れて、せいぜい、対岸からミサイルを大量に台湾に打ち込むしかなかった。いまは違う。明らかに軍事バランスは、中国に量質ともに有利になっている。中国軍は大挙して海峡を渡り、台湾に上陸して、これを占領する力を持っています。一方の台湾は、わずか三千二百万人ほどしかおらず、圧倒的な中国の軍事力に対して、局地的には勝てることはあっても、持久戦になると、勝利、あるいは敗けないという展望がありません。あるとすれば、アメリカと我が国の支援があって辛うじて生き残れるか、というところです」

「台湾に勝ち目なしか。では、どうして、そうであっても、台湾は独立したい、と民意を決めたのかな?」

浜崎首相は訝った。向井原補佐官がいった。

「総理、問題はそれです。人間は全体主義国家の支配下に入り、自由を奪われるくらいなら、死を選ぶ。そういう誇りを持っているのです。台湾の人民は、小さい国だけど、民主主義体制の国であることに誇りを持っている。世界に大国中国の支配を拒否する姿勢を見せ、世界の人々の支持を、とりわけ、アメリカと我が国の支援を受けたいと思っているのです。あなたたちは民主主義の国、台湾が全体主義国家に潰されそうになるのを、黙って見殺しにするのか、と訴えるつもりです。台湾は、世界の国々、人々の支持、支援さえあれば、生き延びられると考えているのです」

「補佐官の口振りからすると、我が国は台湾を支援すべきだ、ということかね」

浜崎首相は頭を振った。

青木外相が割って入った。

「私は、台湾の人々が可哀相だとは思うが、日本の国益を考えれば、中国の国内問題として、介入せず傍観するしかないと思います」

「外交は非情だな」

浜崎首相は頭を振った。

「防衛相の見解は？」

「私も非情だとは思うが、戦争に巻き込まれるよりも、台湾有事については、基本的に傍観止むなしですな。ただし、アメリカが本腰を上げて、介入を決意したら、一緒に行動せねばなりませんが」

栗林防衛相は低い声でいった。

浜崎首相は苦々しく笑った。

「アメリカ次第だというわけだな。しかし、防衛相、いったい我が国の意志は、どこにあるのだね？　アメリカのいいなりになるのは、感心しないな」

浜崎首相は苦々しくいった。

栗林防衛相はうなずいた。

「おっしゃる通りではあるのですが、日米安保上、同盟国アメリカが参戦すれば、我が国は自動参戦することになりましょう。その覚悟はしておかないと、ということです」

青木外相がいった。

「総理、どうでしょう？　シンプソン大統領にホットラインで話をし、我が国としては、参戦できないから、と事前にアメリカに通告し、自重して貰うのは。アメリカも我が国が参戦しない、といえば、事を荒立てるようなことは控えると思いますが」

「わしも、それを考えていた。ほかに手はあるまい」

浜崎首相は頭を振った。

栗林防衛相が発言した。

「総理、アメリカが我が国の要請を聞くとお思いですか？　アメリカは大国中国の手前、台湾との国交こそ断ったが、決して見捨てたわけではない。沖縄同様、戦略的な要衝である台湾を重要な対中牽制のための切り札として握っているのです。そのため、アメリカは中国とあまり関係のない第三国経由で、密かに軍事物資や最新兵器を台湾に送っているのです」

「第三国だと？　たとえば、どこの国だ？」

「たとえば、イスラエルとか、アラブ産油国です」

「なるほど」

「台湾が購入した米国製のF―16戦闘機や仏製のミラージュ2000戦闘機などは、そのメンテナンスに大量の部品が必要ですが、それらは第三国ルートで送り込まれている。パイロットの養成も、アメリカは台湾空軍のパイロットを多数引き受け、訓練しています。もちろん、空軍ばかりでなく、陸や海の士官たちの訓練もアメリカは引き受けている。大陸間弾道弾を落とすパトリオットも多数送り込んでいるのです」

栗林防衛相は河原端統合幕僚長に顔を向けた。

「台湾の戦略的位置について、統合幕僚長、総理に説明してあげてくれ」

河原端統合幕僚長は後に控えていた部下に命じた。

「地図を出してくれたまえ」

部下はパソコンを操作した。

壁に架かったハイビジョンスクリーンに、台湾周辺の地図が現れた。

「中国は2035年までにアジア太平洋地域において、断然優位な地位を確立し、中国建国百周年になる2049年までに、アメリカと並ぶ超大国になることを目指しています」

河原端統合幕僚長はレーザーポインターで画面の琉球弧や台湾を指した。

「そのため、第一段階として、九州南端から沖縄本島、宮古諸島、与那国、台湾の外周を回って、フィリピンのルソン島、さらに南下して南沙諸島を巡り、西沙諸島から海南半島に至るまでの第1列島線の内側海域における覇権を確立する。

中国は、この第1列島線の内側海域は、中国内海と考えており、尖閣諸島も台湾も中国領と見ているのです」

会議室は騒めいた。

「そんな馬鹿なことがあるか」

「公海まで中国領だというのか」

「ま、静粛に」

石山内閣官房長官がみんなを静めた。

「第二段階は、さらに海上支配勢力を拡大し、第2列島線まで進出する。第2列島線は、日本列島からハワイ沖、グアム、サイパンを経て、パプアニューギニアに至る線ですが、この内側海域の覇権を確立する。そして、アメリカと太平洋を分割支配しようという戦略目標を立てている。

第2列島線の内側には、沖縄諸島はもちろん、フィリピン群島までも含まれているのに注目して頂きたい」

「呆れた。そんなことが出来ると中国は思っているのか」

川島経済産業相は笑いながらいった。

河原端統合幕僚長はうなずいた。

「もちろん、これは中国が勝手に考えている戦略で、必ずしもこの通りに実現できるはずはありません。申し上げたいのは、第1列島線の内側にある台湾です。中国が、第一段階で東シナ海から台湾、南シナ海にかけての地域に覇権を確立するには、台湾は重要なキイポイントにあたるということです」

河原端統合幕僚長はレーザーポインターで台湾の位置を示した。

「もし、台湾が独立し、国家として中国領から出ることになったら、東シナ海と南シナ海は、そのど真ん中に楔を入れられた形で分断されることになりましょう」

「なるほど。確かに」

浜崎首相は唸った。

河原端統合幕僚長は続けた。

「逆にいえば、いくら南シナ海の南沙諸島に軍事拠点を造っても補給路の横腹に台湾というナイフが突き付けられている。これでは、中国が南シナ海の覇権を確立することなどできません」

河原端統合幕僚長はいったん言葉を切って閣僚たちを見回した。

「アメリカから見れば、中国に南シナ海の覇権を握らせず、東シナ海の覇権も確立させぬためには、台湾が戦略的に極めて重要な位置にある、となるでしょう。表向き、アメリカは台湾とは国交が切れているように見えるが、裏で繋がっているのです。アメリカのアジア戦略上、台湾は沖縄とともに最重要拠点なのです。ですから、決して台湾を見殺しにはしない。もし、台湾が中国に軍事侵攻されるような事態が生じたら、アメリカは台湾防衛のため軍事介入せざるを得ないのです」

会議室はまた騒めいた。

石山内閣官房長官がまた静粛を求めた。

栗林防衛相は、安全保障問題担当の向井原補佐官に向いた。

「ここからは補佐官にお願いします」

「分かりました」

向井原補佐官は、河原端統合幕僚長と顔を見合わせうなずいた。

「もし、台湾が独立の意向を示したとします。南沙諸島の領有権争いをしているアジア諸国は、台湾を承認すると態度を表明したとします。中国は、それらの国々に軍事制裁や軍事懲罰をするかもしれない」

「そんな無茶なことを、中国がするかね？」

浜崎首相は思わず訝った。

「かつて、中国は当時友好国だったベトナムに対してさえ、懲罰戦争を行ったではないですか」

「そういえばそうだな」

浜崎首相がきいた。

向井原補佐官は落ち着いた声でいった。

「中国に攻撃されたアジア諸国は、必ずや我が国に、助けを求めてくるでしょう。一方、アメリカも極東の安全のため、日本に軍事的対応を強いてくるでしょう。この場合、日米安全保障条約がある以上、日本はアメリカと共同歩調を取らざるを得なくなる。

反対に中国は日本に中国を支持するか、台湾やアジア諸国を支持するか、迫るに違いありません。我が国は、どちらの道を選択するか問われることになるでしょう」

「どういう選択肢かね？」

「戦争の道か、それとも、平和的な道か？　後者の道は、極めて困難な選択肢になるでしょう」

ＮＳＣの閣僚たちはことの重大さに、静まり返った。

浜崎首相は静寂の空気を押し退けるようにいった。

「平和的な対応の道というのは、何かね？」

向井原補佐官は静かに答えた。

「中国の横暴を国際世論に訴え、国連に平和的な仲裁を頼む方法です。しかし、ＰＫＦの派遣ともなれば、国連安保理の決議が必要になるが、中国はその安保理の常任理事国であり、拒否権発動は避けられない。ですから国連安保理をあてにはできません」

川島経済産業相がきいた。

「戦争の道とは、中国とことを構えるというのか？」

「そうなるでしょう」

突然、それまで黙っていた紺野国土交通相が口を開いた。

「それはいかん。わが国は中国のみならず、議会で不戦決議をしたはずだ。いかなる国とも戦わず、局外中立を守り、我が国こそが和平の仲介国の役割を果たすべきではないか」

「お言葉を返すようですが、我が国は局外中立を守ることはできません。我が国の生命線ともいうべきシーレーンは南シナ海を通っています。そこを中国に押えられたら、中東石油の海上補給路が断たれてしまう。

石油の戦略備蓄が少ない我が国は六ヵ月も経たぬうちに経済が破綻するでしょう。

南シナ海のシーレーンは日本の生命線です。そのシーレーンを脅かされるような事態は、まさに日本の存立危機事態です」

　会議室は静まり返った。

「困ったものだなあ」

　紺野国土交通相はがっくりと椅子に身を沈めた。

　川島経済産業相が溜め息混じりでいった。

「まだ事態は、そこまでいっていないのだから、いまから心配しても……」

　栗林防衛相がこほんと咳をした。

「衛星写真の情報では、中国海軍の動きが活発になっています」

「どのような動きかな」

　浜崎首相は思わず、身を乗り出した。栗林防衛相はまた河原端統合幕僚長に顔を向けた。

　制服姿の河原端統合幕僚長はおもむろにうなずき、口を開いた。

「中国海軍の南海艦隊が、西沙群島と南沙諸島海域へ向かっています。東海艦隊も出航して南シナ海へ向かいました。

　北海艦隊主力も渤海を出て、東シナ海洋上にいます。おそらく北海艦隊は南シナ海に向かった南海艦隊と東海艦隊の空白を埋めるために出動したと思われます」

「いったい何をやろうというのかね？」

浜崎首相が質した。河原端海将は静かな声でいった。

「それは、まだ不明です。だが、中国は明らかに、南シナ海の覇権を求めて動き出したことだけは確かです」

会議室の出席者たちは互いに顔を見合わせた。

いよいよ日本の存立危機事態が始まるのか？　戦争を避ける道は本当にないというのか？

浜崎首相は椅子に深々と座り、考え込んだ。

第二章

南沙諸島を制圧せよ

1

南シナ海　北緯12度東経114度　6月30日　1500時

　土砂降りの雨が艦橋を叩いていた。風も出てきた。窓ガラスを流れる雨滴をワイパーが忙しく掃き分けている。雨に曇って視界は1キロもきかなかった。雨季特有のスコールのような雨だった。真っ黒な雲が空を覆い、風が波を煽って、吹きつけていた。波頭が白い牙を剝いて、ひっきりなしに船体に襲いかかる。

　中華人民共和国海軍・南海艦隊所属・052B型（NATOコード旅洋I型）ミサイル駆逐艦「広州」は、降り頻る雨の中を、大きくがぶりながら航行していた。

　艦長の彭炳上校（大佐）はブリッジに立ち、双眼鏡で前方の海域を監視した。針路に隠れた暗礁や暗沙が潜んでいる可能性があるから、慎重に進まなければならないのだ。

　この付近の海域は5月から9月までが雨季で、西南の季節風が吹く。気象観測班の話では、この海域の雨量は多く、年間2000ミリ前後に達するということだった。

「海底まで60メートル。前方に灘（浅瀬）があります」

速力通信器員が測深儀で海底までの深度を計りながら、逐一報告をした。

いよいよ危険海域に入ったのだ。

彭艦長は叫ぶように命じた。

「面舵、30度」「面舵、30度」

ミサイル駆逐艦「広州」は波を激しくがぶりながら、艦首を右へ回した。

「広州」は、満載排水量６５００トン。全長１３４メートル。全幅17メートル。ガスタ―ビン２基４８６００馬力。最大速力30ノット。乗員２８０名。

主要兵装として、中距離対空ミサイル発射機、鷹撃83対艦ミサイル、対潜ロケット発射機２基、魚雷発射管２基、55口径１００ミリ単装砲１門、30ミリＣＩＷＳ２基など、さらに３次元対空レーダーや火器管制レーダー、ＥＣＭシステムを備えている。

後部甲板格納庫に、Ｋａ―28対潜ヘリコプター１機を搭載している。

「艦長、作戦海域に入りました」

航海士官が大声で告げた。

「よーし。戦闘準備」

艦長が命じた。復唱が起こった。

艦内にブザーが鳴り響いた。艦内を駆け巡る音が響く。

司令席に座って海面を見つめていた戦隊司令の袁耀文《えんようぶん》大校（上級大佐）が大柄な体を背もたれから起こし、大声で命じた。

「彭艦長、無線封鎖解除」

「了解。通信士、無線封鎖解除」

「解除します」

「僚艦に暗号連絡。周波数は９」

「了解。周波数９」

「通信士、艦隊司令部に打電。現在地を知らせ」

「現在地知らせます」

通信士がきびきびした態度で復唱した。

速力通信器員が測深儀を見ながら告げた。

「深度37…、35、30です！　近くに暗礁！」

ブリッジに緊張が走った。張り出しブリッジの見張り員が双眼鏡を覗きながら叫んだ。

「1時の方角、暗礁視認！」

彭艦長は急いで1時の方角に双眼鏡を向けた。

雨で視界は悪いが、前方の鉛色の海面に白く泡立つ箇所が見えた。

「微速前進」「微速前進」

復唱があった。

艦長は前方の波間を眺めた。波のうねりを調べた。

「艦長、海図では左手に水路があります」

海図を覗いていた航海長が告げた。

彭艦長は冷静な声で命じた。

「取り舵、20度」「取り舵、20度」

「艦長、『武漢』から連絡。『武漢』は双子礁通過」

「よーし」

時間通りだ。

彭艦長は操舵手に命じながら、右舷方向に双眼鏡を向けた。

10キロほど離れた左舷の位置に僚艦の同型である052B型（旅洋I型）ミサイル駆逐艦「武漢」が航行していた。

雨煙に隠れ、「武漢」の艦影は朧3にしか見えなかった。

無線士が告げた。

「『蘭州』から連絡。『蘭州』も目標島礁を通過しました」

「よーし。後続戦隊に連絡。まもなく戦闘海域に入る。全艦突入用意」

「戦闘配置につけ」

「戦闘配置につきます」

「全艦突入用意」

復唱が起こった。

彭艦長は、右舷に目をやった。

右舷側の海にも、およそ十キロほど離れて、053H3型ミサイル・フリゲート「宜昌《ぎしょう》」が航行していた。

右舷側の雨幕はやや薄れ、遠くに鋭角的な「宜昌」の黒い艦影が見えた。

ミサイル・フリゲート「宜昌」は、汎用フリゲートで、基準排水量2250トン、全長112メートル、全幅12・1メートル、乗員168名。

主要兵装は、56口径100ミリ連装砲2基、37ミリ連装機関砲4基をはじめ、対艦ミサイル発射機、対空ミサイル発射機、対潜魚雷発射管、Z—9C哨戒ヘリコプター1機を搭載している。

これらミサイル駆逐艦やミサイル・フリゲートの後から、揚陸艦「華山《かざん》」など三隻の戦車揚陸艦がついてくる。

その揚陸艦を背後から半円状に囲むようにして、五隻の054型フリゲートが護衛していた。

揚陸艦は、艦内にホーバークラフト揚陸艇を積載する強襲支援専用艦である。それぞれの艦内に海軍歩兵部隊300名が乗っている。

彭艦長は額の汗をハンカチで拭った。雨と一緒に換気孔から入り込んでくる風がかすかに涼気を運んでは来るものの、艦橋の中はねっとりとした暑さが充満していた。東沙諸島の海域に入り、やや時化は緩くなったのか、艦のピッチングやローリングがいくぶん和らいだ感じだった。雨が断続的に降ったり止んだりしている。

目指すは、南沙諸島北部に位置する、鄭和群礁最大の島、太平島である。

鄭和群礁の主な島嶼は、敦鎌沙州、舶蘭礁、安達礁、鴻麻島、南薫島、そして太平島である。

その太平島は台湾の実効支配下にあり、台湾軍海軍歩兵一個中隊と工兵隊の約300名が駐屯していた。

太平島の平均海抜は4メートル、満潮時にも島の面積は約〇・四九平方キロメートルもあり、台湾軍は島の長さぎりぎり一杯の約1500メートル滑走路を建設していた。

このところ、南沙諸島の領有権争いが激しくなったこともあって、台湾政府は陸海空それぞれの部隊を増強派遣していた。

そのため、太平島の港には、フリゲート、哨戒艇が停泊し、空港にはF―16戦闘機や中型輸送機、哨戒ヘリコプターなども配置されていた。

島には工事用機械が運び込まれ、砲台や対空ミサイル発射機、対艦ミサイル発射機などの施設が建設されていた。

中国は、南シナ海の制海権を握るため、南沙諸島の永暑礁を大量に埋め立てし、3000メートル滑走路を建設し、不沈空母として、対空対艦ミサイル発射台や砲台を設置した。

南沙諸島は英語名スプラトリー・アイランズといい、北緯4度から11度30分まで、東経109度30分から117度50分までの広範な海域18万平方キロメートルに点在する約102個の島や珊瑚礁、灘などを指している。

昔は中国語で團沙群島と呼ばれていた。南シナ海には東沙、西沙、中沙、南沙の四群島があり、そのうち最南端にあるのが南沙諸島だ。

西沙諸島の東南にあり、東はフィリピンのパラワン島から400キロメートル、北は中国・海南島から1100キロメートル、西はベトナムのサイゴンから800キロメートル、南はボルネオ島から500キロメートルの位置にある。

中国大陸からだいぶ離れてはいるが、紀元前二世紀の漢の武帝の時代に、すでに当時の中国人が西沙や南沙を発見し、宋と元の時代に千里長沙（西沙）、萬里石塘（南沙）と命名していた。さらに明代には鄭和の艦隊が七回も、この海域を通って東南アジアへの航海を行っている。その際に、千里長沙や萬里石塘を通過した記録が残っている。その明代と元代には西沙と南沙は海南島と広東省の管轄になっており、中国が早くからこれら群島を発見し経営していた記録がある。

南沙諸島の珊瑚礁の中には、満ち潮の際には海中に沈んでしまう暗沙や浅瀬も含まれている。そのためかつては南沙諸島海域は船乗りたちから、航海する上で「危険海域」とされ、あまり近寄らない海域だった。その海域が近年、別の意味でアジアで最もホットなゾーンとして注目を浴びはじめた。第一には南沙諸島の海底に豊富な石油資源や天然ガスが埋蔵されていると分かったためだった。

そのため、近隣諸国のフィリピン、マレーシア、インドネシア、ベトナム、ブルネイ、さらに台湾までがそれぞれ領有権を主張していた。

南沙諸島のうち、すでに中国が9島嶼を押さえていたが、その一方で台湾が1島、ベトナムが28島嶼、マレーシアが3島嶼、インドネシアが2島嶼、フィリピンが9島嶼をそれぞれ占領していた。

ブルネイは主権のみを主張しているだけで、島嶼の占領といった実力行使はしていない。

台湾は中国の一部だから、その行為は許されるにしろ、他国の行為は重大な中国領への侵略行為だった。

彼ら侵略者たちを断固として南沙諸島から排除しなければならない、と彭艦長は思った。

南シナ海は、その名の通り、昔も今も中国の海だ。誰にも渡しはしない。

南沙諸島の海底には、２０２１年以降の中国にとって不可欠になる石油資源が眠っている。その石油資源を確保するためには、いかなる犠牲も払う覚悟がある。

南沙諸島海域の面積は、西沙群島よりも五倍以上も広い。その主な島嶼は双子礁、中業群礁、鄭和群礁、さらに永暑礁など。

その南沙諸島海域と西沙群島の間には太平洋とインド洋を結ぶシーレーンが走っており、その意味で南沙諸島は西沙群島とともに戦略的に重要な位置にある。これが南沙諸島がホットゾーンになった第二の理由だ。

南沙諸島を押さえれば、南シナ海を押さえることを意味する。南シナ海を押さえれば、地下の豊富な天然資源を得ると同時に、太平洋とインド洋の交通路を押さえることになる。それは中国が将来、欧米日に対抗してアジア太平洋の覇者になるための重要なステップだった。

そのため、中国は軍を派遣し、南沙諸島の永暑礁を自領として占拠した。フィリピンやマレーシアなど周辺諸国や日米の反対を押し切り、礁を埋め立てて滑走路や軍港を建設した。

だが永暑礁まで、中国大陸最南端である海南島から約1100キロメートルも離れていた。

しかも、問題は、大陸と永暑礁との間の補給路を脅かすかのようにある太平島の位置であった。

太平島の台湾軍の軍事基地は、中国にとって、まるで喉元に突き付けられたナイフのようなものだった。

その台湾が、このところ中国から分離独立を画策していた。

南シナ海の制海権を握る上で、太平島の台湾軍は、いわば目の上のたんこぶだった。いまのうちに、太平島を奪取しなければ、将来に禍根を残す。

「中業群礁通過しました」

レーダー員が告げた。

その声に彭艦長は我に返った。

駆逐艦「広州」はまた速度を10ノットに戻し、南下を続けていた。海底深度はかなり浅い。雨は小降りになりだした。ところにより、雲の切れ目も見えてきた。

「方位?」

「195です」

「距離？」

「2海里」

彭艦長は双眼鏡を195の方角に向けた。中業群礁の島影が見える。通信士が告げた。「艦長、美済島観測隊から入電。気象状況は曇り。南東の風。風力6。波浪高し。東南東に雲の切れ目が見えるとのことです」

まもなく、この雨も上がる徴候だった。艦長は戦闘士官にうなずいた。

「周辺海域状況は？」

「複数の機影があります」

レーダー員が索敵レーダーの画像を見ながらいった。

「目標の方位は？」

「204と130」

「距離？」

「30キロ、25キロ」

「敵味方識別？」

「応答ありません」

「民間機かも知れない。もう少し様子を見よう」

南シナ海上空には民間旅客機の航空路が縦横に走っている。

「引き続き監視を続けろ」

彭艦長はレーダー員に指示した。

通信士がレシーバーをかなぐり捨て袁司令に叫んだ。

「司令、艦隊司令部から命令。暗号文で、風は南より吹く。風は南より吹く」

袁司令はうなずいた。作戦開始の命令だった。袁司令は待ちかねていたかのように笑みを浮かべ命令を下した。

「通信士、全艦に伝達。戦闘用意！」

「復唱します。全艦、戦闘用意！」

通信士ががなった。袁司令は彭艦長に目を向けた。

「彭艦長、いよいよ、われわれの戦略を実行する時が来た。しっかりやってくれ」

「はい。全力を尽くします」

袁大校の日焼けした額には、深い皺が幾重にも刻まれていた。

袁司令は中国海軍きっての戦術家だった。呉勝利上将直系の海権派だった。本来は海軍司令部か総参謀部に入り、高級司令部要員として力を発揮してもいい人材だったが、袁大校自身が中央入りを望まず、あえて自ら第一線の指揮官を希望したのだった。

袁司令は艦隊艦船向け放送のマイクを取った。スウィッチを入れ、静かな、しかし、通る声で話し出した。

「艦隊総員に告ぐ。これは演習ではない。日頃くりかえし演習を行ってきた成果を存分に発揮してほしい。わが作戦目的は東沙諸島、鄭和群島太平島の奪取占領にある。この南光作戦を成功させるかどうかに、わが祖国中華人民共和国の存亡がかかっている。総員の一層の奮励努力を期待する。以上」

袁司令はマイクを戻した。

「南光作戦」は、その太平島を奪取占領し、永暑礁基地への補給路の安全を確保して中国海軍の南シナ海における要石にするとともに、台湾のシーレーンを断ち、台湾を封鎖するための第一弾の作戦だった。

彭艦長は任務の重さをひしひしと感じた。基地を出て洋上待機していた南海艦隊に届いたのは、北京の総参謀部から南海艦隊司令部に下りた出撃命令だった。

直ちに第7護衛艦戦隊は全速力で南シナ海へ航行した。南海艦隊第6護衛艦戦隊も中沙諸島海域に出撃し、海上補給路への睨みをきかせることになっている。

「艦長、まもなく鄭和群礁海域に入ります」

航海士官が告げた。いよいよ戦闘海域だ。

「2時方角に敦鎌沙州！」

張り出しブリッジの見張り員が叫んだ。

彭艦長は双眼鏡で海面に泡立つ岩礁を視認した。

彭艦長は大声で命令した。

「対空対艦戦闘用意。総員配置につけ」

「対空対艦戦闘用意。総員配置につけ」

航海士官が復唱した。

ブザーが鳴り響いた。

艦内スピーカーに戦闘ラッパが鳴り響いた。

戦闘要員や乗組員の動きが慌ただしくなった。

いつの間にか、雲は切れ、雨が上がりはじめていた。空に七色の虹が浮かんでいた。

幸先がいいと彭艦長は心に思った。

2

カラヤアン諸島海域　１５２５時

フィリピン空軍所属のジェット対潜哨戒機P―8ポセイドンは、南シナ海カラヤアン（自由）諸島海域の定時哨戒飛行を行っていた。

スプラトリー諸島の問題が起こって以来、旧式のプロペラ哨戒機しかなかったフィリピン空軍に、アメリカから最新のジェット対潜哨戒機P―8が供与されたのだ。

アメリカ軍も対潜哨戒機P―8を常時スプラトリー諸島周辺に飛ばしているが、手が足りず、フィリピン空軍にもP―8を供与して、哨戒させようというのである。

航続距離が長く、しかも高速で飛行できるので、短時間でスプラトリー諸島周辺を哨戒監視することが出来る。

機長のエンリケ大尉は機体を左にバンクさせ、眼下のミスチーフ環礁を視認した。

ミスチーフ環礁にはヤグラの上に建設した八角形の居住用建築物三棟があった。

屋上にはパラボラアンテナが立ち、対空銃座や対空ミサイルが設置されているのが見える。アンテナに掲げられた中国の国旗が風になびいていた。

「プエルトプリンサ。こちら哨戒249。現在ミスチーフ上空。オーバー」

『249、状況を知らせ。オーバー』

「施設の増設はなし。警備艇1隻が停泊している」

『了解』

カラヤアン諸島はフィリピンが領有を主張しているスプラトリー諸島（中国名・南沙諸島）の一部島嶼だ。

近年、そのフィリピン領のミスチーフ環礁（中国名・美済島）と呼ばれる浅瀬四箇所に、中国軍はフィリピン政府の再三の警告を無視して恒常的な軍事施設を建設した。

さらにミスチーフ環礁の北に位置するジャクソン礁や、南側のハーフムーン礁（中国名・半月暗沙）に中国語の標識を無断で設置していた。

そのため、ミスチーフ礁の施設以外の標識については、フィリピン海軍が船を出し、何度も撤去してきたが、片付ける度に、中国軍はまた新たな標識を設置して、結局イタチごっこになっていた。

「ビデオ写真撮影後、ハーフムーンに向かう。オーバー」

『了解』

エンリケは交信をいったん切り、速度を落とした。高度を下げ、操縦桿をやや右に傾け右足のラダーを踏んで、右旋回をかけた。

「ビデオ、写真撮影開始」

エンリケ機長は後部室にいる搭乗員に命じた。

「ビデオ撮影開始します」

搭乗員が機の外に取り付けてあるビデオカメラのレンズをミスチーフ環礁に向け、撮影を開始した。

「あいつらはまったく引き揚げるつもりがありませんね」

副操縦士のカルロス少尉は窓からミスチーフ環礁を見下ろした。後ろの座席にいる航空機関士の曹長が不満げにいった。

「なんで司令部は、やつらを追い出さないのですか？」

「相手は大国だからな。下手に手を出したら、戦争になる」

フィリピンと中国では国力の差がありすぎた。空軍だけを比較しても、フィリピンは兵員約2万人、作戦機50機にすぎない。それも新鋭機はわずかで、ほとんどは時代遅れの旧式機だ。

対する中国は空軍だけで兵員約40万人、作戦機５０００機以上で、しかも大陸から容易にフィリピンに届く大陸間弾道弾ＩＲＢＭを多数持ち、核兵器さえ持っているのだ。

だから、劣勢のフィリピンとしては国際世論に訴え、外交手段で大国中国にカラヤアン諸島がフィリピン領であることを認めさせるしかない。

「機長、信号弾が上がりました」

カルロス少尉が叫んだ。

ミスチーフ環礁の建物の対空銃座から、赤い煙の尾を引いた信号弾がするすると空に上がっていた。

エンリケは緊張した。これまで何度もミスチーフ環礁の施設の上空を飛んだが、中国軍が信号弾を打ち上げたのは初めてだった。

「機長、国際緊急通信で、中国軍は我が方に警告を発しています」

レシーバーを耳にあてた通信傍受係の伍長が叫んだ。

「警告だと?」

エンリケ機長は急いでレシーバーを耳にあて、ダイヤルの周波数を緊急通信用周波数に合わせた。

最初に、中国語の声が聞こえた。ついでそれが英語に変わった。

『こちらは、中国国境警備隊監視所。上空を飛来する国籍不明機に警告する。貴機は中国領海を侵犯している。直ちに領内から退去せよ。直ちに退去せよ。…』

「ふざけやがって! あいつら、自国の領土だっていってやがる」

副操縦士のカルロス少尉は憤慨して悪態をついた。

『…警告する。これ以上領海侵犯を続ければ、止むを得ず、貴機を撃墜する。本警告を受信したならば直ちに退去せよ。くりかえす…』

通信員が後部から機長にきいた。

「機長、どうします？」

「撮影を終えたら、黙って引き揚げるしかないさ。撃墜されたら元も子もない」

エンリケはカルロス少尉にぼやいた。

カルロス少尉は司令部に現状を報告し、指示を待った。

哨戒機には、万が一の事態に備えて、対空ミサイル２発やロケット弾ポッドを装備している。

司令からの返答があった。

『哨戒２４９へ。直ちに引き揚げよ。無用な衝突は回避せよ』

「了解。ハーフムーンに向かう。オーバー」

カルロス少尉は少々がっかりした顔で応答した。

エンリケ機長は旋回を止め、高度を上げ南に針路を取った。カルロス少尉は不満げに離れていくミスチーフ環礁を振り返った。

『…基地司令から、哨戒２４９へ』

「こちら哨戒249。どうぞ」

『燃料の余裕はあるか？』

「ハーフムーン海域を哨戒して、なお復路に十分な余裕を残している」

何をきくのか、とエンリケ機長は思った。

いつも哨戒飛行には、不測の事態に備えて、往復路に必要な燃料以外にも、遠方の基地まで飛べる燃料を余分に搭載させられている。そのことは司令部も当然知っていることだった。

『ハーフムーン哨戒は中止し、直ちにティザード群礁のイトゥアバ島に向かえ』

エンリケ大尉は、カルロス少尉と顔を見合わせた。

「なに？　これから、イトゥアバ島へ飛べというのか？」

「どういうことだ？」

ティザード群礁は中国名の南沙諸島鄭和群礁のことだ。イトゥアバ島は太平島である。太平島には中華民国軍が駐屯し、実効支配していた。

「ティザード群礁は領海外で、中華民国の領海だが」

『ティザード群礁のイトゥアバ島周辺海域で、緊急事態が発生している模様だ。最寄りにいる貴機は至急に同海域に飛び、事態把握せよ』

「ラジャー（了解）」

いったい何が起こったというのだろうか？　エンリケ大尉はカルロス少尉と顔を見合わせた。

「249から、基地司令へ。ティザード群礁海域で何が起こったのか、もう少し情報がほしい」

『アメリカ太平洋航空軍司令部からの情報だ。中国海軍の艦隊が南シナ海東沙諸島に入った。中国艦隊はティザード群礁海域を目指している。最寄りにいる貴機は出来るだけ接近を試み、中国艦隊の動きを現認せよ。オーバー』

「了解。直ちに急行する」

エンリケ機長は無線を切った。翼を傾け機首を西の方角に向けた。

最寄りにいるといっても、直線距離にして、約500海里（約900キロメートル）はある。十分に往復できる距離だが、そんな偵察任務は本来はRE偵察機の仕事だろう。

いくらジェット対潜哨戒機P―8とはいえ、時間がかかる。上の連中は、何を考えているのか？

もっとも、フィリピン空軍には大昔のF5ジェット戦闘機を改造したポンコツ偵察機しか保有しておらず、いまアメリカに新しい偵察機を供与してくれるようお願いしているところだった。

「ティザード群礁イトゥアバ島の方位は？」

「235です」

航空機関士が地図を開きながら答えた。エンリケ機長は操縦桿を軽く操り、高度を上げながら、針路を235に取った。

イトゥアバ島まで、民間航空機並みの時速550ノット（約990キロメートル）の巡航速度で飛んでも一時間とかからない。

ルーティンワークの哨戒飛行には飽き飽きしていたところだった。

「機長から全搭乗員に。これから当機はティザード群礁海域に向かう。途中、何があるか分からない。全周警戒態勢を取れ」

エンリケ機長はスロットルを全開にして、速度を上げた。機体は上昇し、分厚い雲間を抜けた。

速度計の数字が見る見る上昇した。

巡航速度600ノット（約1080キロメートル）。

快調だ。

上空に蒼穹が拡がった。

高度3万フィート（約9000メートル）。

水平飛行に戻した。周り一面に雲海が広がっていた。雲海には奇妙な形をした雲の柱がにょきにょきと林立している。頭上には青空が広がり、太陽がさんさんと照り付けていた。

「レーダー？」

「前方に複数の機影確認」

レーダー員が返答する。

「敵味方識別？」

「いまのところなし。中国空軍機と思われます」

「こちらに気付いているか？」

「まだ気付いていないと思われます。動きに変化ありません」

エンリケ機長は、そのまま飛行を続けた。

もし、こちらが発見されても、公海上だ。すぐには攻撃して来ないだろう。警告を受けるまで接近する。

「現地の気象は？」

「一時間前のイトゥアバ島の気象は雨。低気圧の前線が張り出している。南西の風。風力９」

航空機関士が応答した。エンリケ機長はカルロス少尉に指示した。

「よし、どこかに雲の切れ目を見付けてくれ。それまでは雲の上を飛ぶ」

「了解」

雲の下に出て、低空で視界が悪い雨の中を飛ぶのは危険だ。できれば、中国軍に気付かれずに偵察したい。

「機長、無線交信が聞こえます」

後部から通信員が知らせた。エンリケはレシーバーに耳をあてた。通信員のいった周波数にダイヤルを合わせた。

中国語の交信だった。何をいっているのか、さっぱり見当がつかない。

「誰か、中国語の分かる奴はいないか？」

誰も答えなかった。交信の内容は分からないが、その語調には緊迫したやり取りが混じっている。軍事通信の一部であることは明らかだった。

「通信員、交信を録音して、司令部に転送しろ」

「了解」

カルロス少尉は鼻歌混じりで雲間を見回している。

エンリケ機長も周囲の雲の様子を窺った。

「機長、ティザード群礁海域上空に入りました」

航空機関士が告げた。そのまま直進すれば、イトゥアバ島に着く。

気のせいか、雲海に斑が見えはじめた。

ついている、とエンリケ機長は思った。

「機長、3時の方角に雲の切れ目があります」

カルロス少尉は指を差した。エンリケ機長はうなずいた。

機体をバンクさせ、雲の切れ間に機首を向けた。機は大きく右に旋回した。高度を徐々に下げる。

高度2万3千フィート（約6900メートル）。

雲間から暗緑色の海面が見えた。雲が切れている。その付近から雲量が減り、ティザード群礁の島嶼が点々と散らばっている海原が見えた。

「機長！　2時の方角に艦影！」

カルロス少尉が眼下を指差した。

暗い海原に何本も白い航跡が走っていた。

水平飛行に戻した。眼下にエメラルドグリーンの海に囲まれた環礁が見えた。

環礁の中に細長い島があった。イトゥアバ島（太平島）だ。

「ようし。もう少し接近するぞ」

エンリケ機長は徐々に高度を下げた。機体を左に傾け、大きく旋回を開始した。

高度2万フィート（約6千メートル）。

艦隊と平行に飛び、艦隊を横に見る位置につけた。艦隊の陣形がはっきりしてきた。

カルロス少尉は双眼鏡で、それぞれの艦影を調べた。

「先頭を行くのはミサイル駆逐艦。その後に揚陸艦と戦車揚陸艦が続いている。背後から航行しているのはフリゲート戦隊です」

「ビデオ撮影開始。ライブでデータを司令部に送れ」

エンリケ機長は撮影班に命じた。

艦隊は半円周の陣形で、３隻の揚陸艦を守るようにして、イトゥアバ島を目指している。

カルロス少尉が艦数を数えた。

「10、いや11隻だ」

一目見て艦隊がイトゥアバ島をめざしているのが分かる。

「基地へ。こちら哨戒２４９」

『聞こえる。感度良好。こちら基地司令』

「中国艦隊を視認。艦隊は11隻。駆逐艦3。揚陸輸送艦3。フリゲート5…」

カルロス少尉が報告をはじめた。

『了解。引き続き慎重に監視せよ』

「了解」

エンリケ機長は応答した。

艦隊の白い航跡が分かれはじめた。

先頭の駆逐艦三隻が縦列に並びだした。

3隻の揚陸艦が駆逐艦に続く。

後背に並んだフリゲートが島を三方向から囲むように進み出した。

エンリケ機長はイトゥアバ島に目をやった。雲が張り出し、島の様子が見えなくなった。

エンリケ機長は機を上昇させ、また左旋回した。

「映像データは送ったか？」

「送りました」

航空機関士が答えた。

警報が鳴った。

「機長、索敵レーダー感知しました」

レーダー要員が告げた。

「索敵レーダー？」

エンリケ機長は訝った。

その瞬間、機体の後方から一機のジェット戦闘機が頭上を飛び抜けた。

続いて、もう一機。

二機のジェット戦闘機は、エンリケたちの哨戒機の前方で、左右二手に分かれて急上昇していく。

灰色の翼に真っ赤な星のマークが見えた。

中国空軍のJ―10戦闘機だ。

続いて国際緊急無線で英語の警告が入った。

『フィリピン哨戒機に警告する。貴機は中国領空を侵犯している。直ちに退去せよ。直ちに退去せよ』

「畜生め。やつら、イトゥアバ島も自国領だと主張しやがった」

エンリケ機長は悪態をついた。

「機長、どうしますか?」

二機のJ―10戦闘機は、急旋回してエンリケたちの哨戒機の背後に回り込もうとしている。

「こうなったら、逃げるしかないだろう」

エンリケ機長は無線機に怒鳴った。

「司令部に報告。中国空軍機に警告された。イトゥアバ島空域を離脱する」

『了解』

エンリケ機長は機体をバンクさせ、針路をルソン島へ向けた。

操縦桿を引き、水平飛行に移った。エンリケ機長はちらりと後方の島影に目をやった。

雨の中にイトゥアバ島が霞んで見えた。

二機のＪ―10戦闘機は勝ち誇ったように、エンリケ機の両脇を高速で飛び抜けて行く。

戦闘機のコックピットのパイロットがバイバイと手を振っていた。

「ファックユー」

カルロス少尉はＪ―10戦闘機のパイロットに中指を立てた。

「基地へ。これより、帰投する」

エンリケ機長は高高度に上昇していく二機の機影を睨みながら無線機にいった。

3

太平島　１５２７時

コンクリート製の鐘楼には、時折、風に乗った雨が激しく叩きつけていた。四本の柱と雨除けの屋根しかない吹き曝しの見張り台で、明軍曹は上半身裸になり、雨に打たれながら双眼鏡で周囲を覗いていた。田上等兵と王伍長も、それぞれの窓から身を乗りだし見張りを続けていた。

明軍曹は遠くジェット機の爆音を聞いたような気がした。爆音がした方角に双眼鏡を向けたが、厚い雨雲が邪魔になって何も見えなかった。きっとどこかの国の民間機が飛んでいるのだろう。南沙諸島の上空は常に民間航空機が飛び交っている。

四方の海は灰色にうねっていた。岩礁にぶちあたった波が白い飛沫をあげていた。鉛色の海面を海鳥たちが風に乗って飛び交っている。

島の南側にある小さな埠頭に、1隻のフリゲートが停泊し、その脇に3隻の哨戒艇と1隻の輸送艇が停泊していた。

島の北側には１１５０メートルの滑走路をさらに５００メートル延長しようと、礁を埋め立てて地ならしした造りかけの滑走路用地がある。

駐機場のスペースに、四機の輸送ヘリコプターが雨に打たれている。

島にはコンクリート製二階建ての四角形の建物が七棟ほど並んでいる。西端の建物は司令部が入った施設で、屋上には管制塔が建てられていた。

その隣の建物は通信管制室のある施設で、屋上には高いアンテナ塔類がそびえ立ち、球体のレーダードームが並んでいた。

中央の建物は管理施設。その屋上に衛星通信用のパラボラアンテナが空の一角を睨んでいた。鐘楼のような見張り台も立っている。

隣の建物は将校用官舎で、その横に並んだ比較的大きな二つの建物が兵舎と武器弾薬庫だった。

これら軍の施設の他に、埠頭の手前にある小さな四角い建物があるが、それは工事作業員たちの宿泊施設だった。

それらの建物を取り囲むようにして、土嚢を積んだ対空陣地やコンクリート造りのトーチカがいくつも造られていた。

対空陣地には対空ミサイルや20ミリ対空二連装機銃が備え付けられていた。

トーチカにも重機関銃や機関砲、無反動砲が設置されていた。

太平島には中華民国第1海兵師団第3海兵大隊の1個中隊と工兵隊1個中隊が駐屯していた。

兵舎の前にある練兵場の広場では隊員たちが雨をシャワー代わりにして、石鹸を頭や体に擦りつけていた。

王伍長は裸になってふざけあっている隊員たちの姿を双眼鏡で眺め、吐き捨てるようにいった。

「畜生ッ。男のケツを見るのはもう飽きたぜ。女が抱きてえなあ。ねえ、明軍曹」

王伍長は苛立たしげに、双眼鏡を下ろした。雨はまだ思い出したように強く吹きかけたり止んだりをくりかえしていた。王伍長の草色のランニングシャツは雨にぐっしょりに濡れていた。

「ぼやくな、ぼやくな。あと三日の辛抱だ」

明軍曹は、笑いながら王伍長を慰めた。

「三日すれば本土から交替要員が来る。国に帰れば、どんな女でも選り取り見取りってもんだ。それまでの辛抱、辛抱」

双眼鏡を目にあて、ゆっくりと雨に煙る海上を見回した。まだ海面は薄暗く、遠くまで見える状態ではなかった。

それでも北東の方角から次第に雲が切れてくるのが分かった。

太平島駐屯部隊に送られて、もう五カ月になる。来る日も来る日も、岩だらけの珊瑚礁の土ならし土木作業や建設作業ばかりをやらされている。ブルドーザーや機材はあるものの、ぼろぼろの岩石相手なので作業はなかなかはかどらなかった。

「昨日もそういってましたよ、軍曹。本当にあと三日で交代要員が来るのですかね。退屈で退屈で死んでしまう。早く休暇にならんかなあ、田上等兵」

「はい、伍長」

田上等兵は地方出身の高砂族で、純朴な青年だった。王伍長はからかい半分にきいた。

「おまえ、休暇になったら、どうする？」

「俺は休暇をもらったら、まず台北に飛んで…」

いきなり、上空をジェット機が飛来するのが見えた。

鉛色の雲間から、四機のジェット攻撃機が姿を現わすと、反転して滑走路に向けて、次々にロケット弾を発射した。

「な、なんだ！」

田上等兵は仰天した。

ロケット弾は駐機場に列線を作って並んでいるF―16戦闘機に命中して爆発した。四機のうち、三機が爆発炎上した。辛うじて攻撃を免れたのは一機だけだ。

掩体壕にあった修理中の早期警戒機は、まだ無事だった。

空襲警報のサイレンが鳴り出した。

基地の人影が慌ただしく動き出した。消防車が走り、炎上する戦闘機の消火にあたる。

「敵襲！　敵襲！　直ちに戦闘配置につけ！」

「戦闘配置に付け！　急げ」

練兵場に飛び出した准尉が血相を変えて怒鳴った。

傍らのハンディ・トーキーが雑音を立てた。

『……何か見えるか？』

明軍曹はまだ目の前で起こったことが夢のようで、トーキーを耳にあてた。

上空から再び敵機が次々にロケット弾を発射した。

残る一機のF―16も爆破された。掩体壕にも複数のロケット弾が命中し、脆くもコンクリートの屋根が崩れ落ちる。

「敵襲？　ほんとだ。敵襲だ」

明軍曹は我に返った。

「畜生！」

敵が襲って来たのだ。演習ではない。

「こちら監視所」

『こちらレーダー監視室だ。敵襲だ。海からも国籍不明の艦艇数隻が接近している。距離20キロ。方位０１０』

その声に明軍曹は双眼鏡を海上に向けた。田も王も双眼鏡を目にあてて覗いた。

『王、船影が見えるか？』

「見えません」

雨はだいぶ小降りになっているが、二十キロ先はもちろん十キロ先の見通しもきかなかった。

今度はフリゲートの乗組員たちの非常呼集の汽笛が鳴り出した。

上陸して休んでいた乗組員たちが一斉に建物から飛びだし、埠頭に駆け付ける。中には裸のままの水兵もいた。

タラップの上で当直下士官が駆け上ってくる水兵たちを怒鳴りつけていた。甲板員が急いでとも綱を外した。緊急出港の準備をしているのだ。

『監視所！　何か見えないか？　レーダーでは、急速に艦影複数が接近して来る。…』

「伍長、しっかり沖を監視しろ！　何か見えないか？　これは演習じゃないらしいぞ」

明軍曹も、双眼鏡で必死に海面を探った。雨煙の間から、ちらりと黒い艦影らしいものが見えた。

4000トン級の駆逐艦かミサイル・フリゲートだ。

7艦。いや10艦ほどが並んでいる。

全艦が白波を蹴り立てて、島に向かっていた。

「発見、全艦、島に向かってくる」

『戦闘態勢に入れ！　戦闘態勢に入れ！』

スピーカーから上官の声が怒鳴った。

兵舎から銃を持った兵士たちが周囲のトーチカに走りだした。

さらに上空から敵攻撃機の爆撃がくりかえされた。

翼に中華人民共和国空軍の赤い星のマークが見えた。

誘爆を起こした燃料タンクが大音響を立てて爆発した。もくもくと黒煙が上がっていく。

戦争だ。

明軍曹は体が震えるのを覚えた。

「軍曹、あれは！」

双眼鏡を覗いていた田上等兵が叫んだ。

「なんだ？」

「1時の方角！」

明軍曹は双眼鏡を1時の方角に向けた。双眼鏡で海上を探るうちに、突然、白煙を見付けた。数本の白煙が水面を低く飛んでくる。いきなり双眼鏡に黒い飛翔体が目に飛び込んできた。白煙の尾を曳いた物体だった。反射的に明軍曹は叫んだ。

「ミサイルだ！　ミサイルが来るぞ！」

明軍曹はトーキーを引っ摑み、送話口に怒鳴った。

『ミサイル接近！　ミサイル接近！』

トーキーも悲鳴のような声を上げた。

「退避！　退避しろ！」

明軍曹は田上等兵と王伍長にがなり、急いでヘルメットを被った。

「軍曹！　来た！」

田と王が同時に叫んだ。海面すれすれに飛翔してきた物体は、太平島に接近すると、次々に上向きに方向を変え、ホップアップした。飛翔体が銀色にきらめいた。

味方の対空陣地の機銃が猛然と火を吹いた。ミサイルに機銃弾が集中する。いったん上空に昇ったミサイル群は向きを変え、つぎつぎに逆落としで建物へ突っこんできた。

明軍曹は田や王を突き飛ばし、見張り台の床に突っ伏した。最初に通信施設の建物が大爆発を起こした。コンクリートやドームの破片が噴煙を上げて四方八方に飛散した。

　ほとんど同時に明軍曹のいる建物でも爆発が起こった。激しい衝撃が見張り台を襲った。一瞬、明軍曹は体を伏せた床がふわっと浮くように感じた。続いて、いきなり床ごと体が持ち上げられ、コンクリートの壁や床もろとも吹き飛ばされた。

　明軍曹は崩れていく床の割れ目から真っ赤な炎が吹き出すのを見た。不思議に恐怖はなかった。綺麗だと思った。それが明軍曹が見た最期の光景だった。

4

「機関室、エンジン始動！　出航用意！」

台湾海軍ミサイル・フリゲート『鄭和』の梁艦長は艦橋に仁王立ちしながら航海員に怒鳴った。

航海員は復唱し、速力兼回転発信器を操作した。船底でディーゼル・エンジンが始動する響きが起こった。

甲板員が慌ただしく艦のとも綱やもやい綱を外した。タラップの下には非常呼集で駆け付けた水兵たちが集まり、先を争って乗船しようと揉み合っていた。

「艦長、まだ乗組員が全員乗っていません！」

航海長の康曹長がいった。梁艦長は康曹長に命じた。

「止むえん。すぐに出港だ！」

「はいッ。直ちに出港します」

康上尉は張り出し甲板に出て、甲板にいる部下たちにタラップを上げ出港するように命じた。

『ミサイル接近！』

　ＣＩＣ室のスピーカーが告げた。

『上空、敵機６機』

艦橋からも、敵攻撃機が旋回しながら、くりかえし滑走路のＦ—16戦闘機を攻撃しているのが見える。

　２機が向きを変え、反転して、フリゲート目がけて急降下しはじめた。

『敵機接近』

　自動的に対空ミサイルが発射された。二発のミサイルは白煙の尾を曳いて飛翔し、敵機と交差した。

　二つの爆発があいつぎ、敵機２機を撃墜した。

『敵ミサイル接近』

　梁艦長は唇を噛んだ。

　20ミリＣＩＷＳ機関砲が唸りを上げた。

　対艦ミサイルの黒い弾体がホップアップしたところを機関砲弾が破砕した。ミサイル弾体は空中でばらばらに散った。

　一発だから、なんとか凌げた。もっと多くのミサイルが飛来したら防ぎようがない。

　敵艦は島の反対側にいる。

　いまのところ、こちらは島陰に入っていて直接の目標にならないが、島の左右に回り込まれれば無事では済まない。このまま、じっとしていてはただ静止目標になるだけで反撃できない。

続け様に対地ミサイルが島の建物を直撃して大爆発が起こった。

いずれの建物からも黒煙が上がった。もろくもレーダーサイトは吹き飛び、アンテナが斜めに倒れた。埠頭の近くにある司令部のビルも大音響とともに吹き飛んで半壊してしまった。

艦長は冷静に命じた。

「戦闘配置につけ。対艦ミサイル戦用意」

「戦闘配置につけ！　対艦ミサイル戦用意！」

当直士官がブザーを鳴らした。艦内が騒然となった。水兵たちはいっせいにそれぞれの持ち場に着くために走った。

「出航」「出航します」

航海長が出航の汽笛を鳴らした。艦長は押し殺した声で命じた。

「微速前進」「微速前進！」

速力通信器員が復唱し、速力兼回転発信器を操作した。

ミサイル・フリゲート『鄭和』は黒煙が立ち上がる島の埠頭をゆっくりと離岸した。

埠頭に取り残された水兵たちが、繋留されている2隻の哨戒艇に飛び乗り、『鄭和』

を追いかけようとしている。

「中速前進」「中速前進！」

「面舵20度」「面舵20度！」

ミサイル・フリゲート『鄭和』は浅瀬を避けて、右旋回をはじめた。敵艦がどこの国の艦であれ、この敵はきっと討つ、と心に誓った。

梁艦長は黒煙を上げている太平島にちらりと目を向けた。敵艦がどこの国の艦であれ、この敵はきっと討つ、と心に誓った。

『対艦ミサイル発射準備完了』

ＣＩＣ室から連絡が入った。ＣＩＣはレーダー、ソナー、攻撃兵器、通信組織などの機能をまとめて管制運用するシステムである。いわば艦の頭脳にあたる指揮中枢だ。

「敵艦の状況は？」

『敵は11隻です。うち3隻は揚陸艦艇と思われます。太平島を四方から包囲しようとしています。』

ＣＩＣが応えた。

「敵の国籍は？」

『傍受した通信を解析した結果、中華人民共和国海軍南海艦隊第7護衛戦隊と判明しました。旗艦は「広州」と同型のミサイル駆逐艦2隻、さらにミサイル・フリゲート「宜昌」等5隻も随伴している模様です」

「広州」は、中国海軍の最新鋭のミサイル駆逐艦ではないか！

梁艦長は唇を噛んだ。

「鄭和」は一世代前の旧型フリゲートだ。それも、彼我八隻対一隻だ。

圧倒的に不利な戦いだった。

敵が備えている対艦ミサイル「海鷹」は射程が40キロ以上はあるミサイルだ。その改良型「海鷹3」はさらに能力を向上させているはずだった。

逃げることは到底望めるものではない。どうせ、撃沈されるなら、敵と戦ってからの方がいい。

梁艦長は腹を決めた。

窮鼠猫を噛むの譬えもある。

「通信士、至急に本国の艦隊司令部に打電。われ中華人民共和国海軍と交戦す。至急に航空支援を求む。現在地太平島。以上」

「打電します」

通信士が復唱した。

太平島から台湾の最南端の恒春航空基地から790海里（約1422キロメートル）もある。

中華民国軍が占拠している東沙群島の東沙島基地からでも630海里（834キロ

メートル）。

航空支援が駆け付けても、小一時間以上はかかる。敵はそれを予想して、途中で待ち伏せしているかも知れない。

それでも、そう打電したのは、もしかしてアメリカ海軍の支援が要請できないかという切なる願いからだった。

「CIC、敵艦の陣形は？」

『敵は半円周陣形で太平島を包囲しています』

「方位？」

『敵艦の方位は346、352、002、010…』

梁艦長は双眼鏡で、徐々に離れて行く太平島の様子を見た。

太平島は猛烈なミサイル攻撃と艦砲射撃、ロケット弾攻撃を受けていた。

新たに弾薬庫に敵弾が着弾したらしく、激しい爆発音と一緒に黒煙が吹き上がった。

ほとんどの建物が爆煙に包まれていた。ヘリコプターも火を吹いている。

逃げまどう兵員たちの姿もある。

黒い噴煙の中に、中華民国（台湾）の旗が揺らいでいた。いつの間にか雨は上がっていた。雨が上がるなら、もっと早く上がってくれていれば、敵の不意打ちを食らわずに済んだのに、と梁艦長は天を呪った。

『…ミサイル接近！　２発。対艦ミサイルが本艦に向かって接近！』

ＣＩＣ士官の落ち着いた声がいった。梁艦長は間髪を入れず命じた。

「取り舵一杯、全速前進！」

「取り舵一杯、全速前進！」

操舵員が復唱した。ＣＩＣ士官が静かに告げた。

『チャフ弾連続発射！』

ほとんど同時に艦橋の背後から空中にチャフ弾が続け様に発射される音が響いた。

チャフ弾はアルミ箔の雲を作る欺瞞弾だ。レーダーホーミング式の対艦ミサイルにアルミ箔の雲で目眩しをかけ、目標を誤認させるソフトキル防御手段だった。

全速力で回避運動を始めた「鄭和」は、艦首が波をがぶりはじめた。艦首と艦尾にある１２７ミリ二連装砲と、20ミリＣＩＷＳが接近するミサイルに向かって猛然と吠え始めた。轟音が艦橋を震わせた。

ミサイルを粉砕する。

『敵ミサイル、七発接近』

敵艦はしゃにむに撃ってきた。応戦するしかあるまい。こちらも撃って撃って撃ちまくる。

梁艦長は祈る思いで命じた。

「『雄蜂』連続発射！」

『「雄蜂」連続発射！』

　ＣＩＣが応えた。

『第1弾発射！　第2弾発射！　第3弾発射！…第5弾発射！　全弾発射しました。目標到着まで1分30秒』

　ＣＩＣ士官が冷静な声で告げた。斜めに傾いた前甲板から、連続して対艦ミサイル「雄蜂」が噴煙を上げながら飛翔して行った。

「雄蜂」改（ＨＦ―2）はイスラエル製対艦ミサイル「ガブリエル」で、駆逐艦「鄭和」には5基が装備されていた。

「ガブリエル」は旧式ではあるが、第4次中東戦争で、イスラエル海軍がエジプト海軍のミサイル艇を何隻も葬った実績のある対艦ミサイルだ。

　いきなり、艦尾左舷で爆発が起こった。敵の対艦ミサイル一発が、チャフの雲に突入し、海上で爆発したのだ。その爆風に煽られて、「鄭和」は大きく傾いた。続いてもう一発。

　爆発と同時に激しいショックが艦を襲った。梁艦長は思わず艦長席にしがみついた。

「艦尾甲板に被弾！」

　見張り員が悲鳴をあげた。もう一発のミサイルが、艦尾に命中したのだ。梁艦長は怒鳴った。

「被害状況を報告しろ！」

航海士官が艦橋から階下へ走り降りた。非常警報ブザーが鳴った。

「衛生兵！　来てくれ！　負傷者が出た」

後部甲板から怒鳴り声が聞こえた。

『艦長、また敵ミサイル接近してます！』

「面舵一杯、全速前進」「面舵一杯、全速前進！」

艦首が右に急旋回しはじめた。甲板が傾いた。ＣＩＣからの声が響いた。

『チャフ発射！』

ほとんど間髪を入れず、艦橋後部でチャフ弾がまた空中に発射された。宙で小爆発が起こり、細かなアルミ箔が一面に広がった。チャフの雲が一時的にだが、艦を隠してくれる。その間も、１２７ミリ砲や20ミリＣＩＷＳ機関砲が休みなく撃ち続けている。

「報告、後部甲板に被弾、砲塔が破壊され、十数人の死傷者が出ました。砲塔１門は使用不能です。甲板にも爆発で穴があき、機関室の一部が損傷を受けていますが、航行には支障ありません」

戻ってきた隊付き士官が報告した。ＣＩＣからの報告があった。

『まもなく「雄蜂」目標到達時刻。…ミサイル接近！』

チャフ弾が数発連続発射された。艦後方にチャフがきらめきながら雲を作る。

「取り舵一杯」「取り舵一杯！」

梁艦長はそう命じながら、敵艦隊のいる洋上に双眼鏡を向けた。すっかり雨は上がり、北東の空は晴れ間まで見える。敵艦は十四、五キロほどまで迫っていた。洋上に点々と黒い艦影が見える。

『「雄蜂」第1弾、第2弾、目標到達時刻』

一瞬、敵の黒い艦影の一つに閃光がきらめくのが見えた。続いてもう一発。１２７ミリ砲や20ミリＣＩＷＳの轟音に混じって、小さな爆発音が起こった。

「命中！」

見張り員が双眼鏡を覗きながら叫んだ。

「いやまだ分からん」

航海士官が唸った。梁艦長もミサイルが敵艦に命中したにしては爆発が小さいと思った。敵も必死にチャフ弾を打ち上げたり、ミサイルをかわすための回避運動をしているに違いないのだ。

『第3、第4、第5弾も目標到達します』

ＣＩＣの声が響いた時だった。梁艦長の目はチャフの雲の切れ目から、黒い物体の影が艦橋に飛び込んで来るのが見えた。それはほんの零コンマ何秒かの短い時間だったにもかかわらず、スローモーションの映像を見ているようにゆっくりした時間に思えた。

やられると梁艦長は思った。

一瞬、故郷に残した妻や子供達の顔が浮かんだ。不思議に恐ろしくはなかった。あたり一面が眩い白い閃光に覆われた。

5

「ミサイル命中しました！」

見張り員が大声で叫んだ。彭艦長は双眼鏡で敵のミサイル・フリゲート「鄭和」の艦橋を眺めた。

対艦ミサイルは艦橋に命中し、艦橋は吹き飛ばされて、黒煙に包まれていた。ミサイルは艦橋と後部甲板の2箇所に命中していた。「鄭和」はまだふらふらと航行していたが、完全に船足が落ち、船体は斜めに傾いでいた。浸水を始めているのだ。斜めになった船体には大勢の水兵がぶらさがり、つぎつぎ海中に落ちていく。

やがて「鄭和」は弾薬庫に火が入ったのか、もう一度大爆発を起こした。艦は断末魔の悲鳴を上げ、真っ二つに割れて海に沈んでいった。水蒸気が猛然と海面に立った。

「広州」の艦橋は静まり返った。

彭艦長は安堵の溜め息をついた。敵艦「鄭和」の最期は他人ごとではなかった。敵の放った対艦ミサイル2発が「広州」にも襲いかかった。その1発を対空ミサイルで撃墜し、もう1発はチャフでかわし誤爆させたものの、防御に失敗していたら、「広州」が「鄭和」の運命だったかもしれなかったからだ。

「ホーバークラフト発進しました」

戦闘士官が袁司令に報告した。彭艦長は双眼鏡を太平島に向けた。強襲揚陸艦「珠海」から発進した2隻の大型ホーバークラフト艇が水飛沫をあげながら、島を取り囲む環礁を乗り越えて、太平島に突進して行った。空からも2機のヘリコプターが太平島に飛んで行く。いずれも、海軍歩兵特殊部隊が乗り組んでいるのだ。

島には「広州」をはじめ「武漢」や随伴するフリゲート「宜昌」などから、あいかわらず艦砲射撃が続いていた。

島はいたるところに砲弾が落ち、黒煙を上げていた。誘爆を起こした弾薬庫と燃料タンクの吹き上げる黒煙が、空に向かって立ち上っていた。猛烈な砲撃のため台湾軍施設のほとんどが崩れ落ちていた。

「全艦に指令！　砲撃止め」

袁司令が戦闘指揮管制室に命じた。

戦闘指揮管制室のスピーカーから復唱する声が聞こえた。それまで吠えていた「広州」の100ミリ艦砲が射つのを止めた。

次々に各艦の砲撃が止んだ。

2隻のホーバークラフト艇が島の正面に上陸し、特殊部隊の隊員たちがいっせいにホーバークラフトから降り始めた。同時に島の西端に強行着陸した二機の大形ヘリコプターからも十数人の兵士たちが飛び降りて散開して、橋頭堡を造った。

まだ島の台湾軍兵士は抵抗していた。海辺に散開した隊員たちは岩陰や窪みに隠れて応戦している。

兵員を上陸させたホーバークラフト艇はすぐさま島を離れ、後退しはじめた。強襲揚陸艦に取って返して、第2陣の兵士たちを運ぶのだ。ヘリも揚陸艦に飛び帰り、また新たな兵員を乗せている。

その間に埠頭のある島の南側に回り込んだ2隻の揚陸艦は、島唯一の波止場への水路に突入した。揚陸艦が着岸すれば、戦車を先頭に海軍歩兵部隊が強行上陸し、戦闘は最終段階に入る。

『艦長、東方上空に領空侵犯機1機』

戦闘管制室のレーダー要員が通話装置を使って彭艦長に告げた。

「敵機か？」

『敵味方識別信号に応答ありません』

「攻撃機か？」

『哨戒機です。わが軍を監視偵察している様子です』

「国籍は？」

『美済島監視所からの報告では、先刻、フィリピン空軍の哨戒機が飛来し、こちらに向かったとのことです』

なぜフィリピンの哨戒機がこんなところにいるんだ？　彭艦長は訝かった。若い戦闘士官が艦長の顔を見た。

「艦長、敵の偵察機です。撃墜しましょう」

「いかん。戦闘管制員、退去警告を出して、追い払え。退去しなかったら、撃墜しろ！」『了解。退去警告します』

戦闘士官が不満げに艦長を見た。

「なぜ撃墜しないのですか？　領海侵犯機への見せしめになるのではないですか。今後わが領内に許可無く侵入した場合、撃墜を覚悟しなければならなくなる。絶好の機会です」

「海軍司令部の命令だ。他国軍との交戦は許可されていない」

「しかし、わが軍の攻撃作戦が敵に伝わってしまうのではないですか？」

「それでいい。わが軍が本気で台湾独立を認めるつもりがないことが世界に分かるだろう。それにだ、フィリピン軍など、わが軍はいつでもこの海域から叩き出せる。焦ることはない」

彭艦長は自信たっぷりにいい、また双眼鏡を覗き出した。

「分かりました」

戦闘士官はうなずいた。

ホーバークラフト艇が、爆音をあげて太平島の海岸に上陸していた。また数十人の隊員たちがいっせいに上陸していく。Ｍｉ８が地上に機銃掃射を浴びせながら、ホバーリングしている。戦闘指揮管制室から報告が聞こえた。

『司令、揚陸艦、南側波止場に着岸しました！』

いよいよ海軍歩兵部隊が上陸するのだ。彭艦長は双眼鏡を覗き込んだ。


戦闘が終わった。

最後まで司令部跡で抵抗していた敵兵たちが、とうとう白旗を上げて降伏した。

折れ曲がったアンテナの先に、中華人民共和国の五星紅旗が掲げられた。

「広州」の艦橋で、海軍歩兵の部隊長から太平島占領の報告を受けた袁司令と彭艦長は、互いに労をねぎらった。袁司令は通信員に命じた。

「艦隊司令部および海軍司令部に打電。わが南海艦隊第７護衛艦戦隊は、本日１６３０時、南光作戦を勝利のうちに完了した。中華人民共和国万歳。中国共産党万歳。中華民族万歳」

通信員は復唱した。彭艦長は双眼鏡で、戦闘で瓦礫の山になった太平島を眺めた。

海岸に捕虜になった敵兵たちが座り込んでいた。その数、およそ200人。

いまは占領した島にブルドーザーが陸揚げされ、兵士たちが戦場掃除を開始している。島の南側の広場に仮設テントが張られ、両軍の負傷者が収容されている。まだ正式な報告は上がってきていないが、今回の敵兵士の死傷者は300人以上に上っている。味方も上陸部隊を中心に200人以上の死傷者が出ている模子だった。

彭艦長は双眼鏡で味方の艦隊を眺めた。敵「鄭和」を対艦ミサイルで撃沈したものの、ミサイル5発を浴びせてのことだった。うち4発までが欺瞞弾に騙され、ようやく1発が艦橋を直撃した。それに対して、敵の対艦ミサイル「雄蜂」の威力と性能は、予想以上のものだった。

敵は同じ5発のミサイルを発射し、「広州」をはじめ僚艦一隻を攻撃した。「広州」は必死の回避運動とチャフ弾で1発を誤爆させ、もう1発を30ミリCIWSで撃ち落とすことができたが、残る3発のミサイルうち、2発が随伴したフリゲートを襲い、一隻を撃沈、もう一隻を大破させた。

これは海軍司令部でも対策を検討すべき重大課題になるだろう。

まだ黒煙を上げて、波間に艦の一部を出している撃沈されたフリゲートを眺めながら苦い勝利だ、と彭艦長は思った。

大破したフリゲートも、かろうじて沈んではいないが、艦橋を破壊され、航行不能に陥っている。実際は二隻を失ったも同然だった。

「彭艦長、何を沈んだ顔をしている」

　袁司令が司令席から降りて、彭に近寄ってきた。

「はあ。あまりに損害が大きいので」

「まだまだ、これは緒戦も緒戦にすぎんぞ。何を感傷的になっている。いまはそんな時ではない。多少の損害は戦闘につきものだ。なによりも作戦を成功させ、戦いに勝つことが大事だ。彼らの犠牲が民族統一の礎になる。この成功を無駄にしないようにすることが、彼らの死に報いることになる。戦いはこれからだ。これから、大きな戦いが始まるんだ」　袁司令は大仰に笑いながら、彭艦長の肩を叩いた。

「まずは、部屋に戻って、勝利の祝い酒を飲もうじゃないか」

「そうですな」

　彭艦長も気を取り直して、うなずいた。

6

台北・総統執務室　午後10時30分

総統執務室は沈痛な空気に包まれていた。

「…鄭和群礁の我が太平島駐屯部隊の海兵中隊と工兵隊はほぼ全滅。ミサイル・フリゲート『鄭和』が撃沈され、哨戒艇ほか数隻が拿捕されたとみられます」

「ううむ」

「現地からの最後の報告によりますと、150名以上が死亡または行方不明。200名以上の負傷者が出て、生存者200名以上が捕虜になった模様です。わずかに9名の水兵が哨戒艇1隻で島を脱出し、パラワン島沖を漂流していたところを、我が海軍艦艇によって救助されています」

「ふうむ。で、敵の損害？」

王総統は訝った。

「傍受した通信の内容では、中国軍側の損害は中程度とのことです。中国海軍側もフリゲート2隻が、わが軍のミサイル攻撃で大破ないし中破した様子です。たまたま南シナ海を哨戒中のフィリピン機も、太平島周辺海域で、艦艇爆発に伴う黒煙が三本上がっていたのを視認したとのことです。一方的にわが軍が敗けたわけではないということが救いになっているかと思います」

徐毅国防長官は一通り報告を終えた。

日頃、温和な王学賢総統は、徐国防長官から中華人民共和国海軍南海艦隊による太平島攻撃占領について報告を受け、しばらく激怒の色を隠さなかった。

これが周金平のやり方なのか？ 台湾の合併のために武力行使はしないとした中国の八項目提案は、結局嘘だったのか？ 中国はどうしても台湾の実体的な独立も認めるつもりはないというのか？

王学賢総統は、怒りをぶちまけた後、がっくりと肩を落として肘掛け椅子に身を沈み込ませた。王総統に代わって楊行政院院長が鄭準外交部長に説明を求めた。

「中国政府外務部が先程記者会見をして、今回の軍事行動は、『二つの中国』を目指すわが国に対する懲罰であると発表しています。台湾が、もし今後とも『二つの中国』を画策するようであれば、中国はさらなる断固とした懲罰を下すであろうと」

「何が懲罰だと！ わが台湾を属国扱いしおって」

楊院長が思わず、怒りの声を上げた。閣僚たちからも中国への悪態が漏れた。

国防顧問の袁元敏が苦虫を嚙みしめるようにしながら溜め息をついた。

「だから、わしはいったではないか。王総統のやり方は時期尚早だと。わが国は『二つの中国』と取られるようなことをしてはいかんとな。やはり台湾は中国の一部であり、当分は『一つの国家、二つの体制』でいくべきだとな」

袁元敏元将軍は元国民党の古参党員であったが、国民党指導部に愛想を尽かし、王学賢総統に乞われて政治顧問になった。しかし、元々は保守派外省人の領袖でもあった。

「では、いつまでもいまのまま、わが国は中国の一省政府扱いされていていいと、袁顧問はおっしゃるのですかね」

楊軍行政院院長が、やんわりと老将軍を批判した。

「そうではない。わしが『一つの国家』とするのは、いまの中共政府ではなく、わが中華民国が国家であるという前提でのことだよ。本来は中華民国が正統政府であり、その下での自由主義体制と社会主義体制の二つの体制があるということだ。残念ながら、大陸反攻ができずに今日まで来てしまったが、世界が大陸に居すわる中共政府を国家として認めたのがいかんのだ」

「いまさら、大陸反攻など時代錯誤ですよ、顧問」

鄭外交部長が冷ややかにいった。袁老将軍は顎にはやした白い鬚を撫で付けながら、頭を振った。

「わしは何もいまさら大陸反攻を主張するほど耄碌はしておらん。立場は違うが、ある点まで、わしはかつての老鄧小平と同じ考えをしている。このまま二つの体制を維持していれば、いずれ両岸とも経済も政治も同じようになって、中国は一つになるという考えなんだよ。百年千年かかるかもしれないが、無理をしないで持久する。ただ鄧小平とわしが違うのは改革開放経済の発展、つまり資本主義の発展は、必ずや社会主義社会の崩壊をもたらすと、わしが思っていることだ。つまりは柿は自然に熟して落ちる道理であるということだよ。経済競争では、いまのわが国の勝ちが目に見えている。」

「だから、何もしない方がいいとおっしゃるのですね」

「いや、そういっているわけでもない。柿が熟すのを待つだけではなく、もっと早く熟すように少々手助けをしたらいいと思っているんじゃ。だから、わしは常々いっておるように、華僑や台湾資本がもっともっと大陸に進出して、資本主義化を進めるべきだとね。そうした経済爆弾の方が、大陸反攻といった時代錯誤の戦争よりも、はるかに効果があると思っているんじゃよ。」

袁顧問は執務室に集まった閣僚たちを見回した。

「どうかね、わしの考えは？　社会主義中国を無用に刺激せず、内部から崩壊させる。

そうすれば、熟柿は自ずから落ちるべきところに落ちるというものだ。その時こそ、中華民国が中国全体を代表する『一つの国家』になれる。」

一理ある考えだ、と王学賢総統も内心で思った。

だが、現実の政治状況は、そうした長期の展望に立った戦略を許さない状態にある。台湾国内には、中国から分離して、台湾として独立したいという内省人（台湾人）の民族感情がふつふつと高まっているのだ。

その国民的感情を無視することは出来ない。それも、今回の民意として台湾独立を公に主張することが大多数の国民から支持されたのだ。

しかし、そうした台湾国民の民意を中国共産党は完全に無視した。

その返答として、中国は南シナ海の鄭和群礁の太平島を、軍事占領したのだ。

今後も、台湾独立を前面に出したら、どうなるかは火を見るよりも明らかだ。

袁老顧問はこほこほと咳をし、テーブルの湯飲み茶碗を手にした。ぬるくなった茶をうまそうにすすった。

誰も反論したいのはやまやまだったが、袁老将軍は、いまも保守界で隠然たる実力を持っており、保守勢力を王総統側に付かせる仲介役を担っていた。

それだけに、王総統でさえ正面からは袁老将軍の批判は言い出しにくく、黙っていたのだった。

執務室に白けた空気が流れた。袁老顧問は、それと察したのか、秘書官に手を上げた。

「済まんが、わしはこれで失礼しよう。後の善後策は、やはり王総統や現役の政府首脳、軍首脳で話し合うべきものだからね。わしのような老兵は消え去るのみだろう」

袁老将軍は、そう言い残すと席を立ち、秘書官に案内させて部屋を出て行った。閣僚や軍人たちは皆いっせいに立ち上がり、退席する老将軍に敬意を払った。老将軍の姿が見えなくなると、ほっとした空気が部屋に流れた。

楊院長が、うるさい人物がいなくなったという表情で口を開いた。

「今後のことだが、このまま黙って中国の暴挙を許すか、それとも対抗して軍事行動を取るか、あるいは第三の道を考えるかしたい。どうかね、国防長官の考えは？」

「私はこのまま指をくわえて、中国のいいなりになることはないと思います。向こうが懲罰をいうなら、わが方はしかるべき報復措置を取るべきでしょう」

徐国防長官は顔を紅潮させて、王総統を見た。

「何をすべきだというのかね？　まさか軍事的報復をいうのではないだろうね」

「違います。それ以上に中国政府が最も嫌がっていることをすればいい。わが国は最早、民主国家として生まれ変わったのですから、直ちに国連へ加盟申請するのです」

「おいおい、徐長官、それでは、こちらからあえて戦争を挑むようなものではないかね？」

楊院長が口を挟んだ。

「だが、いまの段階ならば、我が国は軍事的にも経済的にも、まだ台湾本島を守るだけの力はある。しかし、日一日と中国は海軍力や空軍力を強化しており、このままではじり貧になるのは明らかです。将来、中国は我が国とは比較にならないほど強大になる。いまなら、国内世論も、おそらく国連加盟申請を支持してくれる。中国とことを構えるとなれば、国論が割れてはいけない。国連加盟申請でなら国論は統一できるでしょう」

「どうかな。国内には根強い保守勢力がいるからね」

楊院長は部屋の出口に顎をしゃくった。先刻の袁老将軍のような外省人の考え方もあると暗に示したのだった。

王総統は身を起こした。

「いまなら、中国に勝てないにしても、まだ負けないというのは本当かね？　参謀総長」

参謀総長の陳明海軍大将は姿勢を正した。

「本島防衛の点では、その通りです。中国が海軍力と空軍力を挙げて、海峡を制圧することなしには我が国に攻め入ることは困難でしょう。ただし、一つ条件があります。

中国が核兵器を使用しないことが前提になるでしょう。核兵器を使えば、わが国は敗北します」

「核兵器を台湾に落とすというのかね？　馬鹿な。中国が核を使えば、アメリカも使う。中国が核兵器を使用するなどと考えられないことだ」

楊院長も付け加えるようにいった。

「私も、いくら中国政府が懲罰を考えても核兵器は使わないだろうと思うな。まして、彼らは台湾を併合したいのだろう？　それなら、放射能で汚染した国土をほしいとは思わないはずだ。考えられないことだよ、参謀総長」

「軍人は常に最悪の事態を想定します。戦争する相手に善意や理性を期待することはできません。それなら、はじめから善意や理性が当てになるなら、人類はこれまで戦争など始めなかったでしょう。原爆を製造することもなかったはずです」

陳参謀総長は楊院長を諫めた。

「いいですかな。もし、百歩譲って、同じ中国人同士ということで、中国が核兵器を使用しないと考えるとします。ということは、中国は中国以外の国だったら、つまり外国だったら核兵器を使うということでしょう？　わが国が独立するということは、まさに中国にとって外国になるという事態ではありませんか？　だから、論理的にも中国が台湾に対して、核兵器を使わないという保障はないということなのです」

「その通り。私も陳参謀総長の意見に賛成ですね」

それまで黙っていた張尚武安全保障問題特別補佐官が口を開いた。

「敵に善意や理性を求めては、安全も保障されない。」

「では、きみの考えを聞かせてくれたまえ」

張補佐官は王総統にうなずいた。

「私も、チャンスはいましかないと思います。国防長官や参謀総長のいう通り、現在なら、わが国は局地的に軍事力で互角に立っています。こちらから攻めることは困難でも、中国が攻撃してきても、かなり打撃を与えることができるでしょう。いまを逃したなら、その局地的な優位性は徐々になくなるでしょう。そこで、いま国連加盟を申請するのが最も中国にとって困った事態になるはずです。しかし、私は報復のために中国の嫌がることをするのではなく、本当に台湾独立を実現するためで、最早、中国を恐れる必要がないと思うからです」

「ほう」

「中国は、なぜ、突然に南沙諸島の太平島を、あえて攻めるような軍事行動を起こしたかです。私は、これは単なる懲罰ではないと見ています」

「何と見ているのかね？」

「中国政府には起こさざるを得なかった理由があるのです。いまの政府は事実上軍事政権だと考えていいでしょう。それも民族主義強硬派の少壮軍人グループが、周金平政権を背後から動かしているとみていい。彼ら民族統一救国将校団が止むに止まれずに決起した理由は、改革開放経済の進展による社会主義体制の崩壊や民族分裂、中央政府の権威失墜などに対する危機感だった。違いましたか、鄭外交部長？」

「いや、その通りだが」

鄭外交部長はうなずいた。

「つまり、このままでは体制が持たない、地方が割拠し、中央政府がないがしろになる、そしてこのままいったら民族不統一になり、中華民族はばらばらになる。そうした少壮軍人の危機感に同調したのが、いまの軍首脳たちだ。彼らがあえて軍事行動に打って出たのは、そうした体制の引き締め、中央政府の権威回復のためであり、さらには外敵を作ることで民族意識を高める必要があったからです。わが国に対する懲罰というのは、単なる口実にすぎないのです」

「それなら、あえて太平島でなくても良かったのではないかね？」

楊院長が疑問を呈した。

「なぜ南沙諸島の、わが国の太平島を占領したのかですが、それはわが国を民主国家として承認しようとするＡＳＥＡＮ諸国やなにより米と日本を牽制するのに、格好の宣伝の場所だったからです。つまり、南沙諸島の鄭和群礁を軍事力で押さえることで、周辺諸国に圧力をかけた。中国を敵に回すと南沙諸島の権益はいつでも力で取るぞという脅しになる。さらに欧米日諸国に対しては、南シナ海の海上補給路に睨みをきかせる効果を生んだ。へたに台湾を支持すると、シーレーンの安全は保障しないということを暗にいっているのです。そして、第三に将来の経済発展に欠かせぬ南沙諸島の石油資源や天然ガス資源を手中に入れた。我が国を攻めるよりも、南沙諸島を取る方が軍事的には容易だし、犠牲は少ない。そして実利にかなっている。民族意識を高揚させることもできる。そうした一石三鳥、いや一石四鳥も五鳥にもなる戦略なのです」

張補佐官は、いったん言葉を切った。誰も反論しなかった。

「もし、単なる懲罰だったなら、もっと近くの東沙諸島の我が国の基地を攻撃することもできたでしょう。東沙諸島へ攻撃をかけるのなら、ＩＲＢＭを数発撃ちこめば、それでも済む。海南島からも近いし、南沙諸島のように離れていないから、十分に航空支援も行える。もちろん、我が国が国連加盟を申請したならば、次は東沙諸島の我が軍の基地が攻撃されるでしょうが、それで独立を得られるなら、東沙諸島を失ってもいい。さらに金門・馬祖の両島を代償に取られても、大陸反攻を考える必要がないとすれば、まったく痛くも痒くもない。そんな領土の取り合いよりも、中国を困らせるには別の方策があります」

「どのような方策かね」

「遠交近攻の譬えがあるではないですか。中国の仇敵ロシアを引き入れるのです。そうなれば、嫌でもアメリカや日本も、我が国を放っておかなくなる」

「どうやるのかね」

「経済的な報復です」

「経済的な報復だと？」

楊院長がきいた。

「大陸中国に投資した台湾の華橋資本を総引き揚げするのです。華僑資本を引き揚げさせる。そうなれば欧米諸国や日本も投資に躊躇をはじめるでしょうから、中国は経済的に大打撃を受けるはずです。その一方で、我が国は中国の一帯一路戦略の向こうを張って、日米主導のＴＰＰに参加を表明する」

「日米が我が国の参加を認めるかね」

「もし、認めなかったら、我が国は華橋資本を使って、中国が一帯一路戦略で取り込もうとしているタイ、ブルネイ、インドネシア、フィリピンなどＡＳＥＡＮ諸国、それに中国に脅威を抱くベトナム、ミャンマーに働きかけ、わが国が中心になって中国の覇権主義に対抗する環南シナ海安全保障機構を作る。そして、中国に対抗意識を持っているロシアやインドに働きかけ、後ろ盾になって貰う。アメリカや日本はロシアが南シナ海、西太平洋に出てくるとなれば、我らを応援せざるを得ないでしょう」

「おもしろいな。じつにおもしろい。昔の合従連衡の戦略とはな」

王総統は唸りながら、考え込んだ。楊院長や鄭外交部長たちは顔をほころばせて賛意を示した。

「それはいい。総統閣下、我が国は、いま説明のあった戦略で国連加盟を申請したら、いかがでしょうか？」

王総統はゆっくりと深くうなずいた。

7

北京　7月1日　午前10時

劉進は暗い雑居房の隅に座り込んでいた。顔面が腫れ上がり、少しでも身動きすると体の節々が痛んだ。逮捕されて以来、公安局の係官たちに仲間の名前を吐けと、取り調べの度ごとに殴られ、足で蹴られてきた。それでも黙っていたのは、一人でも名前を吐けば、後は堪え切れずに全部を喋りそうだったからだ。

雑居房の中には、劉の他に七人の容疑者たちが拘留されていた。ポルノ雑誌を売っていて捕まった露天商、食い物を盗んだ農村出身の浮浪者、麻薬売買で捕まった少年、道端で博打をしていて逮捕された老人、売春床屋の経営をしていた親父、タクシー強盗殺人事件を起こした農村青年、それに人民解放軍の偽将校で捕まった詐欺師。いずれも、人民法院の判決を待つ被告人たちばかりだった。

劉進は雑居房の住人たちに目をやった。

麻薬を売っていた少年は鉄格子のある隅に蹲り、目だけをぎょろつかせていた。劉進をちらりと見たが、劉進と目が合うと慌てて視線を外した。少年はねずみのように怯えていた。係官に激しく殴打されて、少年の顔も入って来た時の倍ほどに腫れ上がっていた。劉進には少年の気持ちが痛いほど分かった。少年は仲間の名を喋らされたに違いない。

博打打ちの老人は壁に寄り掛かり、転た寝をしていた。老人は何度も捕まっており、今度こそ山奥の労働矯正所に送られ、死ぬまで出てこられないだろうと笑っていた。

先刻から、房の奥でひそかに泣き声が聞こえた。泣いているのはタクシー強盗殺人を働いた青年だ。青年は安徽省の寒村から北京に働きに来て、すぐに掏りに遭い、所持金全部を盗まれた。切羽詰まってやったのがタクシー強盗だった。運転手と争いになり、青年は持っていたナイフで相手を刺し殺してしまった。金目当ての殺人は、ほぼ例外なく死刑である。家では老いた両親祖父母が青年の帰りを待っているといって泣くのだった。

傍らで言葉少なに慰めているのは、売春床屋の経営者だった親父だ。

「運が悪いと思って諦めるんだな。運が悪いと思って。今度生まれてくる時は、お偉いさんの子供に生まれてくるんだ。わしだって…」

「うるせえなあ。くよくよしたってはじまんねえぜ」

ポルノ雑誌を売っていた露天商の男が怒鳴った。途端に檻の外に看守の足音が近付いた。看守は鉄格子越しに怒鳴った。

「誰だ！　声を出した奴は出てこい！　房内での私語は厳禁だぞ！　規則を破った奴は懲罰房に叩き込むぞ」

看守の声に誰もが震え上がった。泣き声も止んだ。劉進はじろりと看守の顔を睨んだ。看守は威嚇するように鉄格子を警棒で叩き、他の房の様子もチェックするように、ゆっくりと歩き去った。

「ええか、若いの。死刑になるかも知れないのは、てめえだけじゃねえんだ。ポルノ本を売っていたって見せしめに死刑になるのが、この国の掟よ。淫売をやっても、ヤクをやっても、死刑なんだ。畜生め」

露天商は小声で奥にいるタクシー強盗に悪態をついた。露天商の傍らで、浮浪者がぼりぼりと体を掻いた。

「こ汚えな。虱がいるんだろう。体を寄せるな。てめえはいいよ。どうせ労働教育所送りになるだけだからな」

劉進の向かい側にいた詐欺師がごろりと投げ出した足で、劉の足をちょんちょんと突いて囁いた。

「おい、新入りの学生。おまえ、太子党ではないのか？」

太子党は中国共産党や人民解放軍の高級幹部たち特権階級の息子や娘を指している。

劉進は黙っていた。話すのも億劫だったからだ。

「太子党だったら、こんなところに入れられやしねえやなあ」

露天商が笑った。詐欺師はなおも劉進の足を突っついた。

「え、どうなんだい？　いいとこの坊っちゃんだから、ちゃんとした教育を受けることができるし、学生運動なんかもできる。教養があるから民主化とか、自由とかいえるんだ」

「だったら、どうしてこんなところに入れられる？」

露店商は詐欺師にきいた。

「太子党でも思想運動となれば、当局も厳しく取り締まるんだ。だが、俺たち庶民と違って、こいつらはそう滅多に死刑にならない。せいぜいが地方の労働教育所送りがいいところだ。いいご身分だぜ」

「どうしてだ？」

「いまは、こうして政府や党に反抗しているが、所詮、こいつらも歳を取れば考えが変わって、人民を支配する側にのし上がるんだ。この国の歴史を見てみるがいい。その繰り返しだ、なあ学生」

劉進は詐欺師の顔をじろりと見た。自分がそうなるとは思わないが、この詐欺師は歴史の真実を突いていると思った。詐欺師は皮肉な笑みを浮かべた。なぜか男の目には憎しみの光があった。

「なあ、学生。どうせなら、この中に捕っている連中がどんなやつらなのかを、よく見ていくのも勉強というもんだぜ。みんなほとんどが、地方農村で食えなくなって還流してきた連中だよ。このエロ本の露天商だって、本はといえば、れっきとした国有パルプ工場の模範労働者だった。なあ、エロ本屋」

「そう、エロ本屋エロ本屋って気安く呼ぶな」

「それが倒産して、あっという間に食いっぱぐれの失業者だ。女房子供に両親祖父母を抱えて、どう食っていけっていうんだい？」

劉は露天商に目をやった。露天商は不貞腐れた。

「確かにポルノを売るのは悪いことかも知れんがよ。まともな商売で、何を売ったら儲かるというんだ？　俺なんかかわいいもんさ。ヤクを売っていたわけじゃないし、軍の横流し拳銃を扱っていたわけじゃなし」

「そこにいるヤク売りの餓鬼だって、田舎をどうして逃げ出したか、知っているか？」

少年は自分の話になったと知って、ますます怯えて身を縮めた。

「その子は祖父母が昔大地主だったというので、親ともども村人たちから、さんざんいじめられてきたんだ。学校も行かせて貰えずにな。都会に逃げて来て、その子を拾い、はじめて親切にしてくれたのが、たまたまヤク売りだった。だから、ヤク売りを手伝ったってわけだ」

　詐欺師は売春床屋の主人に顎をしゃくった。

「あいつだって、好きで淫売床屋を経営していたんじゃない。農村から身売りされた女たちの斡旋をしているうちに、ほかの淫売床屋が雇った女からあんまりあこぎにピンハネするんで、とうとう人のいいあの親父自身が淫売床屋をやることになってしまった。それで商売敵からチクられたってわけさ。

　その乞食だって、もともとは田舎で真面目に農業をしていたんだ。生産大隊の英雄だったこともある。それが日照りで不作になった年に、官倒から無理やり税金を取られたんだ。で、みんなで集まって官倒打倒の集会を開いた。それが勢いあまって暴動になった。その時、鎮圧に出た軍隊に頭を撃たれて負傷した。それ以来、働ける体じゃなくなった」

「てめえ、他人さまのことをよく知っているな。公安のスパイじゃないのか？」

「伊達に、この房に半年も入っているわけじゃないわい。そんなことは自然に耳に入ってくるもんだ。ちょいとアンテナを張っていればな」

　露天商が囁いた。

「てめえ、インテリだな」

「詐欺というのは、頭が良くなくてはできないんだ。なあ、学生。俺だって、昔は勉強に燃えた学生だったことがあるんだ。だがな、この国では、いくら頭が良くっても、出が良くなければ認められないんだ。貧乏人の息子は、やっぱり貧乏人で終わるってわけよ。いくら足掻いても、親が党の偉いさんじゃないと出世できないんだ。なにが社会主義だよ、なにが人民民主主義だよ。得をしているのは党官僚ばかりじゃないか、なあ学生?」

劉進は詐欺師に興味を覚えた。この男はただの犯罪者ではなさそうだった。

「あんたは、どうして偽軍人なんかをしたのです?」

「ほほう、こいつは初めて口をきいたぜ」

詐欺師は身を乗り出した。

「なぜ、俺が偽軍人になったってか? 俺は人民解放軍に復讐したかっただけさ」

「復讐?」

「俺はこう見えても、人民解放軍の少尉だったんだ。つい二年前まではな。俺にとって軍は家族で命だった。それを俺は何の理由もなしに辞めさせられたんだよ。百万人の兵士がいらなくなったというだけの国の方針でな。だから、俺を辞めさせた連中に復讐してやろうとしたまでさ。軍を愛するがゆえの、憎しみってやつさ」

「へ、インテリのいうことは訳が分かんねえや」

露天商が毒づいた。

「それで何をやったのです？」

「俺がか？」

詐欺師はせせら笑いを浮かべた。

「総後勤部の偉いさんになりすましたんだ。仲間を何人か集めてな。それで地方の市町村級軍区に乗り込んでいった。軍中央の秘密資金調達係という触れ込みでな。地方の官僚のやつらは中央の秘密工作ってのに弱いんだ。そいで、そいつらごますり連中から、黙っていても金は面白いように懐に飛び込んでくる。ワイロはとり放題、女と遊び放題だったぜ」

詐欺師は鼻をうごめかした。露店商はうらやむように舌打ちをした。

「で、分かったんだ。特権階級ってのは、こんな毎日を送っていたのかってな」

「なんで、捕まったんだ？」

露天商がきいた。

「それはよ。後から本物の総後勤部の偉いさんが乗り込んできたからさ」

「じゃあ、もし本物が来なかったら、そのままおいしい目を見ていたってわけかい？」

「ああ。だが、いつまでも、そこに居るつもりはなかった。適当な金を手にいれたらドロンを決め込んで逃げるつもりだった。もう少しという欲が出たのが失敗のもとだったと反省してる。今度やる時は、絶対失敗しないぜ」

詐欺師は目を光らせた。劉進が話そうとした時、看守たちが声高に喋りながら、やって来る気配がした。劉も詐欺師も黙り込んだ。

やがて看守の足音は劉のいる雑居房の前で止まり、看守が野太い声で劉の名を呼んだ。

「劉進、出ろ!」

劉進はのろのろと立ち上がった。夜明け近くまで取り調べがあったところだった。また今日の調べが始まるのか、と劉は覚悟した。詐欺師や露天商たちは戸惑った顔で、劉を見上げていた。房を出る際に、隅に蹲る少年と目が合ったが、少年はまた怯えた素振りで目を外した。

見覚えのある取り調べの公安刑事と看守が二人、劉を待ち受けていた。劉は二人に両腕を取られ、拘置所の通路を歩いた。通り過ぎる雑居房の住人たちが鉄格子越しに、冷めた目で劉たちを眺めていた。拘置所を出ると、看守は公安刑事に敬礼して見送った。公安刑事は一人になると、憎々しげにいった。

「おまえの伯父は海軍司令部の劉大江少将だってな。それに従兄弟は総参謀部の劉小新中校だそうじゃないか」

劉進は公安刑事が何を言い出すのか、と訝かった。

公安刑事は劉を引き立てて階段を登り、廊下に出た。刑事は劉を取り調べ室と反対方向に連れて行く。廊下の突き当たりの扉の前に来ると、刑事はいきなり劉の胸倉を掴んで、首を締め上げた。

「おまえの親父が香港の大金持ちで、いくら党幹部とコネがあるっていっても、だからといってのぼせるんじゃないぞ。いいか、おまえら反動のやることは、いつでも俺たちが見張っていると思え！　伯父や親父が誰であれ、構いやしない。いつかおまえのことを取っ捕まえて、監獄にぶち込んでやるからな。覚悟しておけよ」

公安刑事は真っ赤な形相で睨みつけ、しばらく卵の腐ったような臭い息を劉進に吐きつけていたが、やがて、不意に胸倉の手を放した。

「釈放だ。今日のところはな」

刑事は忌ま忌ましげにいいながら、扉を開け、劉の背中をどんと突いて、部屋の中に押した。部屋によろめきながら入ると、三人の人影が待っていた。

真っ先に目に入ったのは小蘭とユミだった。二人と一緒に人民解放軍の中尉が立っていた。

「シン」

小蘭は劉進の姿を一目見ただけで、どんな扱いを受けたのかを悟った。ユミも黙って見つめていた。劉進は二人に会釈をした。

「ありがとう」

公安刑事は一緒にいた中尉にさっきと打って変わったような笑みを浮かべ挨拶をした。

「お役目ご苦労さまです。この男ですな」

「劉進だね」

中尉はたずねた。劉進はうなずいた。

「少々、逮捕時に揉み合ったので、顔が腫れていますが、数日すれば嘘のように直るものです。心配ないでしょう」

中尉は刑事を無視して劉にいった。

「私は劉小新中校の代理で貴君を引き取りに来た。さあ、ここを出よう」

「その前に書類は署名してくれたのですね」

「ああ、これでいいかね」

中尉はテーブルの上にあった書類を刑事に渡した。刑事は底意地の悪い笑みを浮かべて、署名欄に目をやった。

「うむ。確かに。沈振中尉どの」

刑事は手で出口を指した。

「行きましょう、シン」

小蘭は劉進の腕を取り、引き立てるように歩き出した。

8

ワシントンD.C.・ホワイトハウス　東部標準時間午後8時14分

オーバル・ルーム（大統領執務室）には国務長官のジョン・ギブスン、国防長官のドナルド・ハインズ、安全保障問題担当の大統領特別補佐官バーナード・グリフィス博士、NSA（国家安全保障局）局長のトーマス・ホーナンが顔を揃え、大統領の到着を待ち受けていた。ギブスン国務長官は何度も腕時計に目をやり、指でとんとんとテーブルの上を叩いていた。ハインズ国防長官はホーナン局長と衛星写真を眺めながら、ひそひそ話をしていた。グリフィス補佐官は、アタッシュ・ケースからノートを取り出し、顔をしかめながら、ボールペンで何ごとかを書き付けていた。

やがて秘書官が現れ、大統領が到着したことを告げた。それと同時に、廊下の方で慌ただしく歩く足音と元気な声が近付いてきた。

ハワード・シンプソン大統領は、シークレット・サービスの護衛官たちを引き連れ、ブラックタイを締めたままの格好で、オーバル・ルームに入ってきた。国立劇場でのイタリア・オペラの公演を途中で抜け出して来たのだ。ドアのところまで、大統領を送り届けたシークレット・サービスの要員たちは、そうそうに引き上げていった。

四人はいっせいに立ち上がり、大統領を迎えた。シンプソン大統領は大机を回り込み、大統領の椅子に座った。

大統領はオペラ観劇を途中で抜け出したにしては上機嫌だった。昨日、ワシントン・ポストの世論調査で、シンプソン大統領の支持率が就任後初めて56パーセントを示し、不支持率41パーセントを上回ったからだ。

これは民主党大統領から共和党大統領に変わったばかりということを差し引いても、歴代大統領として決して低くない数字だった。

「諸君、ま、楽にしてくれ。この四人の顔ぶれからすると、また何かあったのかね？」

シンプソン大統領は笑顔で四人に椅子を勧めた。

「君達から呼び出される時は、たいてい悪いニュースばかりだからな」

「あれほど釘を刺しておいたのに、中国がやってくれましたよ」

四人を代表して、まずギブスン国務長官が発言した。

「クーデターー騒ぎでショックを受けているというのに、今度はいったい何だというのだね？」

「中国海軍がスプラトリー諸島（南沙諸島）のイトゥアバ島を軍事占拠したというの

は、すでに報告を上げてあるかと思いますが」

「うむ。聞いている。そうだった。スプラトリー諸島だな。確か南シナ海の珊瑚礁島じゃなかったかな」

「その通り。ホーナン、南シナ海の地図をお見せしてくれ」

ギブスン国務長官はホーナンＮＳＡ局長にいった。

ホーナン局長は手元のＰＣから南シナ海の全域を記した海図をよび出し、壁のハイビジョンに映し出した。

「中国の南海艦隊麾下の駆逐艦隊と空軍部隊が現地時間１５３０時にスプラトリー諸島の最大の島イトゥアバを攻撃。現地に駐屯していた台湾軍海兵隊と工兵隊、Ｆ—16戦闘機など航空機、停泊していた台湾海軍ミサイル・フリゲートなどを撃破しました。フリゲート１隻を撃沈し、１６３０時には同島の軍事基地を制圧占拠しました。これが衛星から撮った写真です」

ホーナン局長は映像を画面に映し出した。写真画像は雲がかかっていて鮮明ではないが、海原に点々と艦隊らしい艦影と群島の島影が映っていた。

島影の拡大画像があり、いくつかの施設から黒煙が上がっているのが見える。

「これがイトゥアバ島です。埠頭と七、八棟ほどの施設が見えますが、これらは台湾軍の恒久施設だった。ここに駐屯部隊がいたのです」

「スプラトリー諸島に台湾軍の軍事基地があったとはね。知らなかったな」

シンプソン大統領は渋い顔で地図と写真を交互に眺めた。

「大統領は就任されたばかりですので、まだ説明していなかったのですが、スプラトリー諸島は、いわば潜在的な『アジアの火薬庫』になっているのです」

安全保障問題担当のグリフィス補佐官がギブスン国務長官に代わっていった。

「ほう。スプラトリー諸島をめぐっては、これまで中国がフィリピンやマレーシアなどと領有権争いをしているのは知っていたが。まさか、台湾が実効支配する島があったとはな」

シンプソン大統領は頭を振った。

「補佐官、スプラトリーが潜在的な『アジアの火薬庫』だというのを、もう少し説明してほしいな」

「はい。三つの理由からです。第一に南シナ海の戦略的な位置。インド洋と太平洋を結ぶ重要なシーレーンが走っており、スプラトリーをどの国が押さえるかは、地政学的に大変重要です。スプラトリー諸島を押さえる国が南シナ海の覇権を握るからです」

「なるほど」

「かつて、我が国がフィリピンから撤退した後、実は、我が軍の代わりに台湾が出て、スプラトリー諸島の根元ともいうべき、戦略拠点イトゥアバ島を押さえてもらっていた。それで中国を牽制していた。何といっても台湾は国交を断交しているとはいえ、我が国の隠れた友好国ですからね」

「なるほど、そういうことがあったのか」

「第二にスプラトリーをめぐっては、中国、台湾、マレーシア、インドネシア、フィリピン、ベトナム、ブルネイ周辺七ヵ国がそれぞれ同諸島の一部ないしは全部の領有権を主張しています。その利害関係の調整役がいなかった」

「ふむ」

「第三に、南シナ海の海底に石油や天然ガスをはじめ豊富な資源が埋蔵されていることが分かった。我が国の調べでも、石油埋蔵量は１５０億トン以上、天然ガス４５０億トン、リン鉱石貯蔵量30億トン、さらにマンガン、コバルトなどもあるとみられるのです」

「つまり、スプラトリー諸島は、天然資源という甘い蜜が埋まっている『蜂の巣』だってわけだ」

シンプソン大統領は顎をしゃくった。グリフィス補佐官はうなずいた。

「蜂は蜂でも、これまでは、互いに体の小さな蜜蜂の争いだったから、あまり問題にはならなかったのですが、そこへ一匹の巨大なスズメ蜂が乗り込んできて、花園を荒らし回ったから、ことが面倒になったのです」

「それは確かに厄介だな」

シンプソン大統領は唸るようにいった。今度はギブスン国務長官が発言した。

「当然のこと、スプラトリー諸島に共通の利害があるフィリピンなど周辺諸国が、中国に対してイトゥアバ島への侵略行為を止めろと厳重に抗議をした。それに対し、先頃、中国外交部が記者会見を開き、今回の南海艦隊の軍事作戦は、外国勢力の支援の下に『二つの中国』を画策する台湾への懲罰であり、他国への侵攻作戦ではない。これは純然たる国内問題であり、他国の干渉は許されないと発表した」

「中国のいいそうなことだな。確かに『一つの中国』を考えれば、台湾問題は中国の国内問題ではあるな」

シンプソン大統領は顔をしかめた。ドナルド・ハインズ国防長官がいった。

「しかし、このまま中国の武力行使を黙認すれば、いずれ強引に台湾併合をしかねない。その時、わが国は台湾を見殺しにできるかという問題が起こるでしょう」

「これまでのわが国と台湾との関係やいきさつを考えると、素っ気なく見捨てるわけにもいかんな」

「そうなのです、大統領。それで困るのです」

かつて、アメリカは台湾の中華民国と相互防衛条約を締結していた。

ところが共和党のニクソン大統領が対ソ連戦略のために条約を破棄し、中華民国の承認を取り消し、大陸の中共政権を認める外交政策の大転換を行った。

いわゆるニクソン・ショックである。だが、そうはしたものの、台湾との関係を完全に切ったわけではなく、アメリカ政府は台湾に対する「関係国内法」を作り、事実上台湾への防衛的な兵器の売買や経済支援を行っていた。

ギブスン国務長官がいった。

「問題は今後の中国の動きです。それによっては、我が国の対中国政策を見直す必要が出てくる。遅かれ早かれ、我が国は近い将来、重大な選択をする岐路に立つことになる。すでに台湾の王学賢総統から我が国に、今回の件をめぐり、支援をしてほしいという要請が来ています。それにどう応えるかで、我が国の対中国政策、対アジア政策は重大な転機を迎えることになるでしょう」

「ジョン、台湾から支援の要請が来ているのか。何を支援しろというんだ？」

「それが厄介なことでして、王学賢総統が独立の民意をもとにして、民主主義体制の台湾として独立したい、と正式に申し込んで来たのです。ぜひ、世界の民主主義を主導するアメリカ合衆国に、彼ら民主台湾の独立を支援してほしい、と」

「台湾独立か。気の毒だが、我が国は支援できんことではないか。『一つの中国』を支持した米中共同宣言にも反することになる。これまで台湾を内緒で支援してきたのも、『一つの中国』を前提にしてのことだった。中国が台湾を武力併合しないようにという配慮から武器輸出をしてきたのだからな。『二つの中国』を支持して、中国を敵に回すことはできない」

「大統領、それはもし、これまでの対中国戦略を続けるとすればのことでしょう」

「どういうことだい、ジョン」

ジョン・ギブスン国務長官が答える前に、グリフィス補佐官が静かな口調でいった。

「大統領。わが国は従来の対中国政策をそのまま続行するかどうかを検討すべき時期に来ているのです。」

「ほう？」

「ニクソン以来の我が国のアジア戦略、対中国戦略は、ソ連があってのことだった。そのソ連が崩壊して、一応ロシアが友好国になった現在、我が国にとって中国の共産主義政権は、ソ連に代わる主敵になったといっていい」

「グリフィス博士、いまのままの中国と付き合う必要はないというのかね？」

「世界の冷戦構造は終わったといわれるが、それはソ連東欧諸国との冷戦関係が終結しただけのこと。アジアでは北朝鮮と韓国が対立しているように、まだ終わってはいないのです。ソ連が崩壊したいま、今度は中国が主敵になった。いまのまま中国が豊富な経済力を行使して、さらに成長し、アジア太平洋に覇権を求め、盟主にのしあがった場合、ソ連以上に厄介な敵になるでしょう。我が国としては、それは望ましくない。いまはまだいいが、厄介な存在になる前に、その芽を摘む。それが将来にわたっての安全保障策というものでしょう」

「なるほど」

「たとえば、こんな予測をしてみてください。もし十三億人の人口大国中国が、同じアジアではないか、と一億人の経済大国日本を抱き入れて、日中同盟を作った場合を考えてください。どうですか？」

「ううむ」シンプソン大統領は唸った。

「そして十四億人の日中大国が、協同してアジアを支配し、世界に覇権を求め出したらと考えてください。これは我が国のみならず、ＥＣにとっても、世界のどの国にとっても、とんでもない脅威になるでしょう」

「ううむ。たしかに、恐ろしいことだな」

　シンプソン大統領は、日本が何らかの理由でアメリカから離れ、独自の外交政策を取り出すことを想像した。日本はアメリカから離れたら、隣国の大国中国を選ぶだろう。そして、もし日中軍事同盟を結んだらどうなるか。

　シンプソンは背筋に寒気を覚えた。いまでさえ、日米は経済的政治的にぎくしゃくした関係にある。頭越しの緊急米中会談を行ったことで、日本に不信感を抱かせてしまった。

あれは中国の一帯一路戦略と、TPP環太平洋経済圏構想をリンクさせようとしてのトップ会談だったのだが、結局はクーデターによって中断されてしまった。

併せて、南シナ海での緊張緩和のため、中国軍の覇権主義政策を改めさせようとした。スプラトリー諸島の永暑礁に造った中国の軍事施設を撤廃し、スプラトリー諸島領有権争いをしている諸国と共同使用できるような非武装中立地帯にする。

その代わりに、アメリカはTPPに中国が参加するのを歓迎する。ロシアのユーラシア経済共同体構想に対抗し、アメリカと中国共同で一帯一路事業を行う、という密約を結ぼうとしたのだった。

ロシアは自国主導のユーラシア構想、カザフスタンやトルクメニスタン、モンゴルなど中央アジアから、中国を南から包囲するように、アジアへの経済的攻勢を強めており、インドやベトナム、北朝鮮、インドネシアなどに協調を働きかけていた。

ロシアもまたアメリカ主導のTPP構想に、独自に対抗しようとしていたのだ。

グリフィス博士は続けた。

「あまり日本の頭越しに経済政策や外交政策を進めるのは、まずいでしょう。日米同盟は強固といわれているが、我が国が日本の信頼を裏切らないことが前提です。今回のような我が国の国益のみを考えて、米中会談をやったりすると、日本の不信を買うことになります。下手をすると、日本国内の反米勢力を刺激し、日本を中国側に押しやることにもなりかねない」

「しかし、博士たちの予測では、中国はそんな超大国になる前に、いずれ経済破綻して内部崩壊し、地方が群雄割拠するということだったのではなかったかね？」

シンプソン大統領は、特別補佐官のグリフィス博士を見た。

グリフィス博士を座長にした、国務省の安全保障政策検討会議の予測では、中国の将来について、三つのシナリオを想定していた。
（1）、改革開放経済の揺り戻しとして、保守派が軍の実権を掌握する。共産党による政治的締め付けが強化され、社会主義軍事国家になる。香港の民主運動は弾圧され、香港独立阻止のために台湾を侵攻する。
（2）、改革開放経済は継続され、経済成長が続く。中国の経済は潤い、香港返還問題や台湾問題に対して穏健な政策をとる。
（3）、地方の経済発展で中央の指導力が低下。中央に民族主義強硬派が台頭する。寸土も譲らぬ強硬姿勢で領土保全し、中国の民族的統一を守ろうとする。
そのため、台湾独立阻止、香港問題、南沙諸島問題でも強硬方針になる。その一方、拡大した地方自治権と、地方を締め付けようとする中央との対立が激化。中国は事実上ばらばらになり、場合によっては内戦が生じる。

このうち、国務省は第一のシナリオが30パーセント、第二のシナリオが20パーセント、第三のシナリオが50パーセントの可能性ありとしていた。
グリフィス博士がうなずいた。

「確かに第三のシナリオの事態にあてはまりましょう。今回のクーデターーで周金平政権は民族的統一路線に戻ったといっていいと思います。それに対応して、我が国の戦略も練り直す必要があるかと」

「中国はどう変わったというのかね?」

「国防省が入手した最新情報では、引き続き、周金平が中国共産党、軍部、国家の三権を握った体裁をとっているが、周金平政権は傀儡になったということです」

「背後から周金平を操っているのが、民族統一救国将校団だというのかね?」

「はい。彼らは巧妙なことにいまの体制を倒すことなく、周金平国家主席と呉勝利上将ら、軍事近代化派を立てて、中国を乗っ取った、といっていいでしょう」

「ううむ」

「周金平国家主席に、中共の反対派の幹部たちを粛清させ、党の権力を周金平国家主席に独裁的に集中させる。実質的に党の体制を弱体化させようとしている。同時に軍は国家行政機関の国務院や議会の全人代、司法の裁判所、検察、警察の権力も握る。これまでは党が、軍と国家を押さえる頂点にいたのに、いまでは民族統一救国将校団が、事実上、党と軍、国家を支配しているといっていいでしょう」

「今回のクーデターにより、中国に軍事政権ができたというのだね？」

「実質的にそうです。しかし、彼ら軍官僚はごりごりの保守派共産主義者とも違う。彼らは故鄧小平の科学技術の開発推進こそ生産力向上になるという考えを信奉する近代主義者たちだ。そうした意味で、旧いマルクス・レーニン主義や毛沢東思想を信奉する保守派共産主義者とは対立する民族主義強硬派です。だから、第一のシナリオで想定した社会主義軍事政権を作ったわけではない」

グリフィス補佐官は続けた。

「大統領閣下。第三のシナリオの事態といいましたが、だからといって、中国が予測したシナリオの通りに国内がばらばらになるとは限りません。つまり、シナリオのようになるにはさまざまな与件と条件がなければならないのです。第三のシナリオは、わが国の望むところですが、そうは希望通りには進まない可能性も大なのです」

「その与件とか条件というのは何かね？」

「第一の与件は民族主義強硬派の彼らがうまく民族意識を高揚させ、中国の統一を図ることができるかどうか？　それによって、シナリオは大幅に書き直されるでしょう。つまり彼らが民族主義を掲げて、地方の割拠をうまく宥めて、中央に従わせた場合は、中国は恐るべき超大国になるでしょう。今回のスプラトリー諸島の軍事占拠は、そうした戦略の布石第一弾なのです」

「どうして、太平島の軍事占拠が第一弾なのだね？」

「外敵を作り、国内の不満を外に向けるのは国内分裂を防ぐ常套手段です」

「なるほど」

「外との戦争を構えれば、内部は嫌応なしに固まるのを彼らは知っている。下手にわが国や他国が干渉し、彼らの民族意識を刺激すれば、かえって彼らの思う壺になるでしょう。そうなれば、彼らは保守派ではないが、第一のシナリオの変形になり、反米民族主義軍事国家になる恐れが出てくる。

第二にスプラトリー諸島の資源確保は、中華民族主義の高揚の効果がある。資源の確保は大国中国の必要条件ですからね。

第三に南シナ海のシーレーンを押さえれば、我が国をはじめ欧州や日本といった先進国への戦略的優位を保てるだけでなく、南シナ海を中国の内海とすることで、アジアへの覇権を確立し、将来、インド洋に進出するための出入り口を確保したことになる。一帯一路事業を推し進める上で得策になる。これら、いずれもの与件が、中国が超大国になるために、不可欠な戦略的展開なのです」

シンプソン大統領は考えこんだ。

「中国が超大国になる事態を防ぐには、どうすればいいというのかね？」

「中国がそうなるかならないかは、我が国がどう動くかが重要な与件です。わが国の対応次第で、中国は変わるでしょう」

「ふうむ」

「我が国は、中国をソ連のように時間をかけて崩壊させ、無害な民主国家になるよう誘導しなければなりません。対中国戦略の最終戦略目的を中国分裂、体制崩壊、中国民主化の三点に置くべきだと思います」

グリフィス補佐官は慎重に言葉を選んでいった。

ハインズ国防長官が同意の表情で口を開いた。

「博士に賛成ですな。このまま行けば、中国は今世紀中に、わが国も手こずる超大国にのしあがるでしょう。とすれば、いまのうちに中国を内部崩壊させた方がいい。それは将来のアメリカ国民に対する責任というものでもあるでしょう」

ギブスン国務長官が頭を振った。

「いやいや、私はその点でグリフィス補佐官やハインズ国防長官と意見が違うのです。中国を崩壊させるのはまずい。それは最悪の事態だ。そうなったら、我が国は中国に無用な手だしはしない方が得策だ。グリフィス補佐官の戦略では、我が国が底知れぬ戦争に巻き込まれかねない恐れが出てくる」

グリフィス補佐官は不満げな顔をしたが反論せずに黙っていた。シンプソン大統領がにやっと笑った。

「ほほう、新モンロー主義者ジョンの登場だな。どうして中国の崩壊が、わが国にとってまずいというのかね?」

「いま中国はアメリカだけでなく、世界にとって大市場です。もし、中国が経済的にでも政治的にでも崩壊したら、世界は計り知れないほどの大打撃を受けましょう。世界経済は大恐慌を迎えるかもしれない。それはアメリカにとってはもちろん、世界のどの国にとっても困るし、望んでいない」

ギブスン国務長官は肩をすくめた。

シンプソン大統領はにこやかにいった。

「アメリカにとっては、中国がばらばらになることは、必ずしも最悪の場合とはいえんのではないかね? むしろ、中国が強大な国家でなくなることは周辺国家にとっては安心だし、世界にとってもいいと思うが」

ギブスン国務長官は答えた。

「ある意味では、そうなのですが、中国崩壊は、アジアの安定と世界平和のためには決して望ましくない状態です。中国内部がばらばらになり、無政府的な内戦状態になったら手がつけられない。中国の混乱は旧ユーゴのボスニアの混乱とはわけが違う。アジアのみならず世界は底知れぬ動乱に引き込まれかねない危険がある。これは今世紀最大の黄禍になる事態といっていいだろう」

「黄禍だって？　なぜかね？」

「中国には核兵器やそれを運ぶＩＲＢＭやＩＣＢＭもあります。その中国が内戦状態にでもなったら、とんでもないことになるだろう。核兵器や大陸間弾道弾を誰が保持するか？　保持した人間が、そうした核兵器を戦いに使用する可能性もある。さらに群雄割拠した地方政権が独自に核兵器を持つ可能性もある。そうなったら、内戦をどうやって治めることができるのです？　下手に介入すれば、それこそ破滅的な世界大戦の勃発につながるかもしれない」

シンプソン大統領は肩を竦めた。

「では、わが国はいったいどうすればいいというのかね？　ジョン」

「私は中国崩壊といった無政府状態をなんとしても避けるために、明確にわが国が画策する必要があると考えるのです。でなければ、はじめからいっさい手を出さず、中国が超大国になろうがなるまいが知らぬ顔をして静観するか、そのどちらかですな」

「中国を崩壊させないで、どうしようというのかね？」

「中国を分裂させる。いくつかの国に分裂させるように誘導するのです。ソ連のように、内部から分裂させる。そして、分裂した国家を均衡させて維持させる。分裂状態が続けば、決して中国は超大国になれないし、わが国の脅威にはならない。かつて中国の歴史に三国時代があった。三国がそれぞれに覇を競い合い、互いに牽制し合っていた歴史がある。それを再現させればいい」

ギブスン国務長官の発言に、シンプソン大統領はグリフィス補佐官やハインズ国防長官と顔を見合わせた。

グリフィス補佐官はにやりとわが意を得たようにうなずいた。

「国務長官の考えは、私の考えをさらに積極的に推し進めたものですね。ある意味では、私の考えよりも危険かも知れない。いくつかの国を割拠させ、対立させるのですからね。だが、最終的に中国をうまく誘導し、牙を抜いて、現在のロシアのようにする点では、私と同じ戦略ではないですか？」

「うむ。似ているが、違う点は中国が民主国家になろうがなるまいが、我が国には関係ないということだよ。独裁国家で治まるなら、それもよし。ともかく、わが国は手を出さない。直接には何もしない、まして軍事的に介入するべきではないということです」

「では、軍事介入しないで、どうやるというのかね」

シンプソン大統領が身を乗り出した。ギブスン国務長官は、大きく溜め息をつきながら話し始めた。

「ベトナム戦争の教訓を、忘れてはいけません。アジアの戦争に、アメリカ人の若者の血を流させないことです。自由や民主、人権を守るという名目で、わが国の国益にならぬことに介入するなということです。われわれ共和党は、そうした民主党の犯した愚の轍を踏んではいけない。中国の戦争は中国人同士に戦わせるべきだ。アジア人の戦争はアジア人に戦わせるべきだということです」

「なるほど。それは分かるが、実際にはどうするというのかね？」

「大統領閣下、日本を使うのです。我々の代わりに、日本に介入させるのです」

「日本がわが国の代わりに介入してくれるかね？」

「中国が超大国になって、アジアに覇権を求めるようになったら、真っ先に中国と利害が対立するのは、アジアの大国日本でしょう。南シナ海のシーレーンを押さえられて、困るのは日本だ。尖閣で揉めたら、日本はきっと我が国を頼ってくる」

「日本が中国に付くことはないかね？」

シンプソン大統領は日中軍事同盟を考えていった。ギブスン国務長官は両手を開くジェスチャーをした。

「先程のグリフィス博士の考えですな。私は、その可能性はないと思う。卓上の理論ではあり得る予測だが、日本の指導者たちはわが国の核の傘の下にいることが、最も安全だと考えている。日米安保条約があっての日本であることを知っている。その核の傘からわざわざ外に出て、中国の核の傘に入るメリットがない。それは日本が中国に自ら進んで従属する関係ですからね。日本は日中関係が実は米日関係であることをよくわきまえていると思いますな」

　グリフィス補佐官が、にこやかに笑いながら異議を表明した。

「国務長官の考えに、私は危惧を感じますね。確かに日本はいまのところ米日関係を軸にして、外交を考えているでしょう。しかし、それはあくまで、日本が核武装しないことが前提です。もし、日本が中国の核に脅威を感じた場合、そしてわが国が日本にとってあてにならない場合、日本は独自に核武装するでしょう」

　シンプソン大統領はギブスン国務長官と顔を見合わせた。グリフィス博士は続けた。

「もし、日本が核武装したら、日本はきっとわが国から離れ、コントロールが効かなくなる。いまでこそ日本は大人しいが、一人立ちしたら、かつての大日本帝国のような覇権国家になりかねない。そうなったら、日本はいまの中国よりも厄介な存在になりましょう。さきにもいいましたが、核保有国同士ということで、日本が中国と対等な同盟関係を結ぶ可能性がある。そうなったら、世界は日本と中国の前に平伏することになりましょう」

「それはまずいな。日本を核武装させてはならないな」

　シンプソン大統領はうなずいた。グリフィス博士は続けた。

「わが国は、アジア人の戦争はアジア人に戦わせるという方針をとるにしても、日本を追い詰めてはいけないと思います。日本を中国に対立させるところまではいいが、そのために日本を核武装させせたり、あるいは独自に中国に対抗できるような軍事大国にのしあげさせては危険だと思うのです。あくまでわが国は日本をコントロールできる程度に軍備を増強させ、中国に対抗させる」

ギブスン国務長官がにっと笑った。

「大英帝国が、昔、植民地支配の方法としてやった分裂支配というわけですな」

「そうです。ある国を支配したい時は、民族的に少数派の人々を援助して国の権力を握らせ、国内を一つにさせないで外から間接的に支配する。それが一番いい方法なのです」

シンプソン大統領は深くうなずいていった。

「よろしい。二人の意見は分かった。いずれにせよ対中国戦略を見直そうという点では、同じだね。基本的に中国に対する戦略目標を変更することに決めよう。中国を絶対に超大国にしないようにしよう。長い年月はかかったが、あの大国ソ連でさえ崩壊させ、解体することができた。中国を解体できないことはあるまい。諸君は、その方策を大至急に検討してほしい」

机の上のインターコムが鳴った。秘書官の声が聞こえた。

『大統領閣下。スティールマン上院院内総務からお電話ですが、いかがいたしましょうか？』

スティールマン上院院内総務は台湾承認論を主張している共和党の実力者である。

シンプソン大統領は笑いながらみんなを見回した。

「多分、台湾の独立と、台湾の国連加盟を支援するようにという申し入れだと思うがね」

シンプソン大統領はそういいながら、インターコムにいった。

「電話に出よう。つないでくれ」

第三章　台湾独立

1

北平（北京）　7月2日　午後1時半

いったい、この国はどうなったというの？

弓は北京市内の環状地下鉄に揺られながら、考えていた。

北京大学へ行ってみたが、学校は門が閉鎖され、扉に臨時休校の貼紙が張られていた。構内には武装警察や公安たちがうろつき、弓たち学生に鋭い目を光らせていた。

一昨日まであった壁新聞の掲示板はいつの間にか撤去され、道路にはチラシやポスターの紙屑が散らかっていた。

当局の規制でインターネットが使えなくなってから、学生たちは昔ながらの壁新聞で情報交換したり、体制批判をするようになっていた。それもまた禁止されたということか？

顔見知りの学生を捕まえて立ち話をしたが、彼らもほとんど何が起こったのか知らなかった。ただ分かったのは、政府部内に異変があり、軍部が党や政府行政機関を掌握したらしいということだけだった。

道理で、と弓は合点がいった。

今朝は早くから北京中央電子台のテレビは、中国海軍が南沙諸島の太平島の台湾軍基地を攻撃、軍艦を1隻撃沈し、基地を占領したニュースを繰り返し放映していた。

さらに外交部スポークスマンが台湾軍との戦闘はあくまで国内問題であり、アメリカをはじめとする諸外国の抗議は不当な内政干渉である。台湾政府が中国政府の再三の警告を無視して、外国の「二つの中国」の策謀に乗り、分離独立を目指す動きをとれば、中国政府は民族統一を乱す輩を決して許しはしないだろう、と声明していた。

弓はテレビを見ながら不安を覚えた。テレビは台湾に対して、まるで明日にでも戦争が起こりそうな激しい口調で非難を浴びせかけている。

新聞各紙も一面トップで南沙諸島での戦闘を写真入りで大々的に報じている。いずれも、人民解放軍の大勝利を称える記事や解説ばかりだった。

そうした一方で、大学生たちの民主化運動についてのニュースはほとんど報道されなくなった。一昨日の大学構内への軍隊の突入についても、新聞ではベタ記事でしか扱っていない。

買い物に街に出ても、いつもの北京の様子とはどこか違っていた。街のあちらこちらに装輪装甲車や軍の車輌が待機して、カーキ色の兵士たちが警戒している。自転車に乗った人々の群れが通りを走る姿には変わりないが、街のどこかしこで数人ずつ寄り合い、こそこそと何事かを話し合っている光景が見られた。

地下鉄の乗客たちは、みんな肩を寄せ合うようにして新聞を読んでいた。彼らも何が起こっているのか、知ろうと必死なのだろう。

電車は建国門駅に入って停車した。弓はホームに出て、エスカレーターに乗った。兄に聞けば何か分かるかもしれない。そう思ったら、矢も盾もたまらずに下宿に帰らず、地下鉄に乗ってしまったのだ。

建国門のロータリー広場に出ると、空から眩い太陽が照りつけていた。プラタナスの街路樹の葉が風に揺れている。大きな通りにはバスや乗用車が流れていた。左手に行けば、建国門内大街を経て東長安街に繋り、天安門広場に至る。途中映画館や洒落たブティックが並ぶ活気のある若者の街・東単や世界の有名ブランド店が目白押しになっている北京随一の繁華街王府井大街と交わる道だ。弓は通行人に混じって、天安門と反対の方角になる右手て建国門外大街に歩き出した。

広場の一角にカーキ色の塗料を塗った装輪装甲車が四輌、街路樹の木陰に並んでいた。青い芝生に数十人の兵士たちが寝転んだり、車輌の上に座ったり、思い思いの格好で休んでいた。彼らは一様に珍しいものを眺めるような目付きで、通りすがりの若い女の子を見ていた。どこか地方から来た兵隊たちのような様子だった。

弓は歩きながら、兵隊たちのねっとりした視線が自分の体を上から下まで撫で回すようにまとわりつくのを感じた。冷やかしの奇声を上げる兵士もいる。弓は彼らの視線を無視して、建国門外大街を急いだ。新聞の束を抱えた売り子が、通行人に大声を張り上げていた。売り子の少年は弓を見ると、新聞を突き出した。

「北京日報、北京日報だよ。姉さん、北京日報買わないかい？」

「いらないわ」

「そんなこといわず、買ってよ。頼むよ」

少年はすがるような目でいった。

「もう、それ読んだもの」

「姉さん、日本人だろ？　日本人は金持ちじゃないか。買っておくれよ。もう一部ぐらいいいじゃないか」

「読んだっていったでしょ」

「俺、これを売らないと飯が食えないんだ」

弓は根負けして、少年に財布から小銭を出した。

「分かったわ。一部貰うわ」

「姉さん、やっぱり親切だね。ありがとう。もう一部、どうだい？」

「一部でたくさんよ」

「またね」

弓は少年のあっけらかんとした笑い顔に手を振って別れた。少年はようやく弓から離れて、他の通行人に新聞を売り付けに移った。

国際倶楽部の建物の角を左に折れて、日壇路に入った。皇帝が太陽神を祭った日壇公園に通じる閑静な街路だ。左手に街路樹に隠れるように、日章旗が立っていた。そこに在北京日本大使館の建物があった。大使館の前には公安局の制服警官が張り番をしていた。ここのところ、連続している爆弾テロ事件を警戒している様子だった。

弓は玄関の警備員から持ち物検査を受けてから、ようやく受け付けに辿り着き、兄への面会を求めた。受け付けの女性は、どこかに電話をしていたが、やがて弓に廊下の先の面会室へ行くように告げた。

面会室となっている応接室には、初老の中国人夫婦が大使館員の一人と深刻な顔で何事かを相談していた。

弓は隅の応接セットに座った。クーラーがひんやりとした冷気を吐き出していて寒いくらいだった。聞くともなく聞こえてくる話から、老夫婦の夫の方が戦時中の在留日本人孤児で、日本へ実の両親や兄弟姉妹を探しに行きたいという相談だと分かった。しかし、その夫が在留日本人であるという証拠の品が何もなく、唯一の証人であった育ての親夫婦もすでに他界していて、どうしたら日本人であることを証明したらいいだろうか、という話だった。大使館員はほとほと困った顔だったが、辛抱強く応対していた。

しばらく経って、廊下に人の靴音がすると、見覚えのある大使館員が弓の前に現れた。「ああ、南郷弓さんでしたね。ちょうど良かった。理事官の萩元です。ぼくを覚えてますか？　じつはあなたに連絡が取れなくて心配していたんです」

弓は萩元と名乗った青年に会釈をした。萩元は向かいのソファにどっかと座った。萩元には以前一度か二度、大使館のパーティで会った記憶がある。

「あの…、いや、兄は？」

誉はといいかけて、急いでいい直した。

「受け付けがいいませんでしたか？」

「いえ。何も」

「仕様がないな。南郷書記官は今朝の飛行機で、本省に呼ばれて戻ったのです。書記官は留守です」

「え？」

知らなかった。弓はがっかりした。久し振りに会えると思ったのに。

南郷誉は一番年上の兄だった。末妹の弓とは一回りも歳が離れているので、小さい頃は一緒にいると親子と間違われたこともあった。弓は末妹の特権で、五人兄妹の中では一番威張っていた。歳がそれほど離れていない、すぐ上の兄の賢や、そのまた上の渉次兄よりも、弓には長兄の誉に甘えることができたので、兄弟の中で最も親しみを感じていた。

「一週間ほどの短期帰国です。用事が終われば、直ぐに北京に戻って来ますよ」

「そうでしたか」

弓は内心ツイてないわと思った。

「でも、ちょうど良かった。書記官から伝言をことづかっていたのです」

「なんてですか？」

「できるだけ早く日本に引き揚げるようにと」

「どうして？」

萩元は、弓が思わず大きな声でいったので、周囲のソファに目をやった。先刻の老夫婦たちがちらりと弓と萩元の方を見たが、またひそひそと話に戻った。

「これは内緒ですが、中国の状況が悪化しそうなのです。いまのところはまだ平穏ですが、近いうちに戦争が起こるかもしれない。そうなると、非常に危険になるので、どうしてもいなければならない以外の仕事の関係者とか、旅行者は中国滞在を控えてほしいのです。特に留学生はできれば、学校も閉鎖されていることだし、休暇と思って日本へ一時引き揚げてほしいということになったのです。それで、北京をはじめ中国在住の留学生に、連絡網を通して連絡しているのですが、弓さんだけが、どうしても連絡がつかなくて困っていたところだったのです。あなたは寮に籍だけ置いて、実際は住んでいないそうではないですか？」

萩元は責めるような口調でいった。

「友達と共同で部屋を借りてシェアしているもので」

「それは違法でしょう？」

「かもしれません」

「確か、留学生は一般中国人学生のようには部屋を借りることができないはずだが」

「でも、私はそうしてますけど」

弓はいま女友達の童寧《トンニン》と一緒に中国人の学生下宿に住んでいた。

中国では通常留学生は留学生寮に入らねばならない。弓もしばらくは寮にいたが、寮ではどうしても日本人留学生同士で集まりがちになり、語学の勉強にならなかった。それに一般の中国人の生活も分からないので、弓は普通の中国人大学生のように、下宿したかった。その相談に乗ってくれたのが、知り合いの童寧だった。

童寧は下宿屋のおばさんに弓が、少数民族の娘だと紹介した。中国では漢人以外に五十四もの民族がおり、北京語を話せない人もかなり多い。下宿のおばさんは弓をまったく疑わずに、下宿人として受け入れてくれた。弓は嘘をつきたくなかったが、外国人と分かると下宿することができなくなるので、おばさんには心苦しかったが少数民族の娘に成り済ましていたのだった。

寧は新疆ウイグル自治区から来たウイグル族の娘だった。北京に来て、同じ語学院で北京語を習っているうちに親しくなった友人だった。肌の色が抜けるように白く、すらりとした肢体をしており、鼻筋の整った美しい顔立ちをしている。明らかに漢人やモンゴル人などとは違う西方遊牧民族の血筋を引いた女性だった。

「道理で連絡できなかったわけだ。その下宿先の電話番号は？」

「ないんです」

弓は嘘をついた。下宿屋のおばさんの電話を教えれば、きっと日本人であることがバレてしまう。

「ケータイは？」

「ケータイは持っていません」

「うむ。持っていても、秘密警察が盗聴しているから使えないが」

「そうでしょ？」

「弱ったなあ。在留邦人の連絡方法がないと、いざという時、緊急連絡ができなくなってしまう。それでもいいんですか？」

「寮に日本人の友達がいます。その子だったら、私の下宿を知っているから、彼女に連絡していただけます?」

「いいでしょう。これに書いてください」

弓は萩元の出したメモ用紙に、井上あずさの名前と寮の電話番号を記した。

「さっきの話ですが、そんなに情勢は危険なのですか?」

「書記官の妹さんだから教えますが、中国と台湾の間が、これまでになく険悪になっています。というのも、周金平体制は軍部に握られたのです。彼らは民族意識を高めるために南沙諸島の台湾軍を攻撃して島を占領した。これから、軍部は行き過ぎた改革開放政策にブレーキをかけ、自由主義者や民主勢力の取締に乗り出すでしょう。特に学生たちの民主化運動には厳しい弾圧をかけると思います。日本人留学生も、彼らと付き合いがあるときっと取締の対象になるので、用心してください。もしかして、あなたは彼らと付き合っていませんか?」

「いいえ」

弓はまた嘘をついたことを心の中で謝った。

「だったら安心だが、用心に用心を重ねてくださいね。所詮、この国の問題はこの国の人が解決すべきことで、外国人のわれわれが口を出すことではない。書記官は心配されていましたよ。あなたは結構、正義感が強いから、身のほどもわきまえず彼らに同情しているに違いないって」

当り！　弓は苦笑した。誉兄は結構、私の弱点を見抜いている。

「それに、ひょっとすると中国は台湾と戦争を始めるかもしれない。そうなると、日本もきっと巻き込まれる。これはぼくの考えですが、日本は中立でいることはできないだろうと思います。そうなれば、日本政府はどちらかにつくことを表明するでしょう。台湾を支持しないまでも、中国の軍事政権を支持することはできないでしょうから、早晩、日本人であるために迫害される可能性が出てくるでしょう。だから、早く中国を出た方がいいのです」

萩元は熱を込めていった。弓は萩元がなぜこんなに熱心に自分を帰国させようとしているのか、と不思議に感じながら見つめていた。

弓は精華大学近くの停留所でバスを降りた。小蘭の下宿はバス停から二ブロックも離れていない民間住宅地の中にあった。旧い二階建ての長屋に間借りしていた。小蘭の部屋にはしばしば遊びに訪れている。北京大学に近い弓の下宿とも、二キロメートルと離れていない。小蘭と夜更けまで話し込み、何度も泊ったことがある。そのうち下宿の小母さんとも仲良くなっていた。

小蘭の下宿近くまで来た時、子供たちが集まって路地を覗いていた。路地の入り口には黒塗りのセダンが止っている。弓は車を見て、嫌な予感がした。公安の車だと直感した。子供たちの背後から、路地を覗いた。数人の公安員が下宿の小母さんを囲んで、詰め寄っていた。その周りを周辺の主婦や老婆たちが二重三重に取り囲んでわめきあっていた。

「どこへいったかなんてわかんないよ。小蘭は悪い娘じゃないよ」

「あんたたちこそ、なんていう言い掛かりをつけているんだい」

「公安はもっと偉い税金泥棒や賄賂を取る役人を捕まえな。あんないい子を捕まえようなんて、何を考えているの」

まだ小蘭は捕まっていない。劉進に知らせなければ、と思った。劉進なら小蘭をうまく逃がしてくれるはずだ。

足を忍ばせ、子供たちの背後を抜けて路地を通り過ぎた。劉進は北京大学の男子学生寮にいるはずだった。一ブロックほど歩くと大通りに出た。バス停には数人の人たちがたむろしていた。

弓はバスを待ちながら、小蘭はいまどこにいるのかしら、と考えた。

もしかして、小蘭は私の下宿に来たかもしれない。

弓の下宿の小母さんも、小蘭がよく遊びに来たこともあって、彼女をよく知っていた。彼女のことだから、私がいなくても部屋に上がって待っているかもしれない。

そう思うと、弓は居ても立ってもいられなくなった。弓の下宿なら、わざわざいつ来るか分からないバスを待たなくても、歩いて行ける。弓は最初足早に歩き出したが、やがていつの間にか走り出していた。

下宿屋の小母さんは留守だったので、小蘭が来たかどうか分からなかったが、弓は小蘭が部屋に居るという直感はますます強くなった。弓は居間にいた耳の遠い老爺に「ただいまッ」と叫んで挨拶するのもそこそこに中庭を抜け、後ろの二階建て長屋造りの階段を駆け上がった。

部屋のドアに駆け寄った。ノブを回すと、鍵がかかっていた。ドアをこつこつとノックした。

「私、弓よ」

ドアの鍵が外れる音がした。弓はドアを開けて、部屋に飛び込んだ。

「無事だったのね！　良かった」

小蘭は何もいわず、ドアの鍵をかけた。眉が吊り上がっている。

「黙って」

小蘭は、そっと窓辺に寄り、カーテンを細めに開けて下の通りを覗き見た。

弓も慌てて窓に寄って下の通りを見下ろした。下宿屋は低いブロック塀に囲まれ、その塀の外にマロニエの街路樹が立ち並ぶ道路が走っている。見た限りでは、通行人ばかりで怪しい人影はなかった。小蘭は安心したのか、二段ベッドにへたりこむように座った。「私の下宿へ行ったのね？」

「ええ。小蘭、いったいどうしたの？」

「誰かにつけられなかった？」

「いけない。気が付かなかったわ」

弓は自分が周りをまったく気にしなかったのが恥ずかしくなった。不用心といえば、これほど不用心なことはない。

「多分大丈夫だと思う」

「御免ね。無断で部屋に入って。じつは私も少し前に来たばかりなの」

「どうやって入ったの？」

「小母さんに頼んで開けてもらったわ。ちょうど小母さんが出掛けようとしていたところに、私が駆け込んだの」

「やっぱり」

小蘭は弓の部屋を見回した。二段ベッドに目を止めた。

「同居人は？」

「ああ、寧々ね。彼女は桂林や広州に旅行中。二、三日しないと帰ってこないわ」

「え？　こんな時に」

「寧々は政治に関心がないわ。彼女が関心あるのは、将来ファッションモデルになること、それにお金と男友達ね」

「なんて子なの。中国人学生として恥ずかしいわ」

「彼女の悪口をいわないで。寧々はあなたと同じように、私には大事な友達なのよ」

寧々はどこにでもいる普通の女の子だった。政治には関心がないといっているが、弓には彼女の本心は分からない。いつも政治や民主化運動の話になると、ふっと興味のなさそうな顔付きをする。だから、弓も寧々といる時は、自然、絵や文学の話、ボーイフレンドとか美味しい食べ物、人の噂や悪口といった他愛ないお喋りを交わすのが常だった。そんな時の寧々は生き生きとしていて愛らしく見えた。

弓はティーバッグをカップに入れ、魔法瓶のお湯を注いだ。弓と小蘭は熱い紅茶を啜り、ようやく互いに落ち着いた気分になった。

「いったい、どうしたの？」

「今朝から、公安が民主化運動家の一斉逮捕を開始したのよ。逮捕された同志の何人かが、仲間の名前を喋っているらしいの。それで北京大学や精華大学の民主化委員会のメンバーはみな地下へ潜ったわ。私の下宿にも、明け方早々に公安がやってきたらしい。私はちょうど秘密アジトで泊り込みの会議に出ていたから助かったけど、早めに帰った仲間たちは全員逮捕されたらしいわ」

小蘭は疲れた声でいった。

「家に電話を入れたら、母さんが出てきて、泣き出したの。どうやら家にも公安が行ったらしいの。父はかんかんに怒って、私を勘当するって騒いでいるって。もう家にも帰れなくなったわ」

小蘭の家は北京郊外の高級住宅地にあった。小蘭の父親・王中林は高級幹部党員で、いまはドイツのビール会社と技術提携したビール会社の重役をしている実力者だった。自分の立場をないがしろにされたと、彼女の父親が烈火のごとく怒っているのが容易に想像できた。

「これから、どうするっていうの？」

「地下に潜ることになったの。それでお別れに来たのよ」

「どこに行くの？」

「喋らない？」

「喋るはずないじゃない。私を信用して」

「分かったわ。上海よ。あそこに、上海の仲間のアジトがあるの」

「進は知っているの？」

「それで、ここに来たのよ。進は完全に公安に張り込まれているわ。あなたなら、会えると思うの。後でいいから、この手紙を進に渡してくれる？」

小蘭は彼女のバッグから一通の封書を取り出した。弓はその封書を受け取った。

「分かったわ。任せて」

「ありがとう、一生恩に着るわ」

「何をいっているの、友達でしょう。で、彼はあなたの行き先を知っているの？」

「知らないわ」

「手紙には？」

「書いてない」

「知らせないでいいの？　心配すると思うわ」

「……」小蘭は迷っている様子だった。

「私、進に聞かれたら、困るわ。知っているのに知らないなんていうのは」

「じゃ、教えていいわ。進だけよ」

「上海に行ったといえば分かる？」

「分かるはず。彼も知っている仲間だから」

「いいわ。それくらいなら、おやすいご用。後は任せておいて」

「ありがとう、これで安心して、上海に行けるわ」

小蘭はほっと安堵の溜め息をついた。広い額にほつれ毛がかかっていた。彼女は進の釈放のために動いているうちに、見違えるようにやつれていた。

「もう一つ、きいていい？」

「何を？」

「上海に行って、どうするの？」

「絶対に喋らないって約束してくれる？」

弓は右手の小指を立てた。小蘭は何っという顔をした。

「日本では約束するとお互いの小指をからませて、約束厳満って誓うのよ。嘘ついたら針千本飲むってね」

「約束よ」

弓は小蘭の小指に小指を絡ませて誓った。

「上海で、組織を再結集するの。そして、広州の仲間の支援を受けて、全国で武装闘争を開始することになったの」

「武装闘争？」

「そう。もう民主化運動も合法的にやるのは限界に来たわ。相手が軍部となったら、最早話し合う相手ではない。テロで対抗するしかないわ。相手は強大な武力を持っている連中だから」

「でも、相手は人民解放軍なのでしょ？　かなう相手ではないじゃない」

「人民解放軍の中にも私たちの同志がいるのよ。彼らも決起するわ。見ててごらんなさい。いずれこの国には内戦が起こるから」
内戦が起こる？　弓は小蘭が真顔で話すのを呆然として聞いていた。

2

東京・総理官邸　午後4時

窓の外には、音もなく雨が降り続いていた。梅雨特有の鬱陶しい雨だった。空には、どんよりした鉛色の分厚い雲が低く垂れ籠めている。

それはまるでいまの日本列島を覆い尽くした黒い暗雲そのものに見えた。

浜崎茂首相は窓から見える庭の樹木に目をやりながら、大きな溜め息をついた。

国防会議は先刻から沈痛な空気に包まれていた。青木外相は重苦しい空気を払うようにして発言した。

「統合幕僚長、南シナ海の重要性について、素人にも分かるように説明してくれんかね」

河原端大志統合幕僚長はうなずいた。壁に掲げたアジア大地図に、赤いレーザーポインターをあてた。

「このアジア太平洋の地図を御覧ください。南シナ海は、面積約350万平方キロメートル、東西約１５００キロ、南北約２７００キロの海盆であります。この南シナ海はいま急速に発展しつつあるアジア諸国、すなわち中国、台湾、ベトナム、マレーシア、シンガポール、インドネシア、タイ、フィリピン、ブルネイなどに囲まれた内海と見ることもできる海洋です。その南シナ海は、西太平洋の上辺のど真ん中に位置し、インド洋への出入り口はマラッカ、スンダ、ロンボクといった海峡、東太平洋との出入り口はバラバク、バシー海峡と台湾海峡があたっている。そのどれかの海峡を通って、中東からインド洋と東太平洋を結んでいる重要なシーレーンの要衝でもあります。つまり、南シナ海は極めて重要な戦略海洋になるといっていいでしょう。その南シナ海を押さえる国が、二十一世紀のアジア太平洋の覇権を握り、ひいては世界を制するといっても過言ではありません」

会議の出席者たちは固唾を飲んで、聞き入った。

「しかも、この海域はただの海洋ではない。南シナ海には四つの諸島があります。北東から、東沙諸島、西寄りの西沙諸島、ほぼ中央の中沙諸島、そして南沙諸島がある。今回中国海軍が台湾軍を叩いて占領した太平島は南沙諸島の北部にある島です。この四諸島のうち、現在、中国本土と台湾に近い東沙諸島はいち早く台湾が軍事的に支配しており、海南島とベトナムに近い西沙諸島は１９７４年の中国ベトナム海戦で勝利した中国が占領しているところであります。中沙諸島は大部分が灘や暗礁で、海面下にあることもあって、現在までのところ紛争は起こっていない。そして、今回中国海軍に占領された南沙諸島です」

　河原端統合幕僚長は、会議の出席者たちを見回した。

「米ソ冷戦時代は、この南シナ海を挟んで、ベトナムのカムラン湾海軍基地にソ連海軍が常駐し、フィリピンのスービック海軍基地にアメリカ海軍が陣取って互いに睨みをきかせていたため、南シナ海は比較的安泰だった。それが、冷戦終結とともに米ソ両軍が同海域から撤退したため、南シナ海は軍事的に空白地帯になったわけです。

　そのため、南シナ海をめぐっては、領海２００海里を宣言した中国はじめ、台湾、フィリピン、インドネシア、ブルネイ、マレーシア、ベトナムがあいついで、各諸島の領有権を主張しだしたわけであります。

　それらの国の領有権争いに拍車をかけた背景には、南沙諸島に大量の石油資源や天然ガスが埋蔵されていることが分かったことも大きな原因でしょう。とりわけ、この南シナ海に重大な関心と野望を抱いたのが、中国であります。」

　河原端統合幕僚長は言葉を切り、一息ついた。

　浜崎首相がきいた。

「いったい中国は、何をやらかそうとしているというのかね？」

「すでに九十年代初頭までに中国は西沙諸島に着々と２５００メートル滑走路や軍港

などを建設し、海軍基地として使用しています。さらに近年には、日米や周辺諸国の反対を押し切って、南沙諸島の永暑礁に軍事基地を建設した。そして、今回太平島を軍事占拠した。これで軍事的にも中国が南シナ海全域の独占的な領有と支配を目指していることが確実になったといえるでしょう。これが第一の目的です」

河原端統合幕僚長は続けた。

「太平島軍事占拠の第二の目的は、独立を目指す台湾への牽制です。独立をするなら、戦争を覚悟しろという警告です。さすがに台湾本土への軍事侵攻は、国際的にも反発の声があるし、中国も多大な犠牲は避けられないのを知っている。台湾を落とすには、外堀を埋めることからはじめる。弱い環から攻めることで台湾に軍事圧力をかける。これは昔ながらの毛沢東戦略です。

第三の目的として、中国は今後、半世紀の間に、海洋覇権国家になるための布石として、南シナ海の奪取に乗り出した」

「海洋覇権国家かね？」

浜崎首相がいった。

「そうです。中国は先の党大会で、中国海軍の任務は『祖国統一』『領土完整』『海洋権益の護衛』であるという指針を明らかにしました。この『祖国統一』と『領土完整』は台湾併合を意味し、同時に『領土完整』と『海洋権益の護衛』の指針は南シナ海の領有権を完全にすること、さらには中国海軍がこれまでの『沿海防衛型』から脱皮し、『海洋権益防衛型』に発展しようとしていることを意味しています。従来から、中国海軍は『積極防御、近海作戦』『接近阻止、領域拒否戦略（A2／AD）』を戦略方針として来ましたが、今日、『近海』をさらに拡大解釈し、『沿海』にとどまらず、領海200海里防衛に必要な海域、つまりわが日本列島南端の九州、琉球列島、台湾、フィリピン、インドネシア、マレーシアの第1列島線の内側、さらにその線と第二列島線までを、作戦海域とするようになったと思われます。これは中国海軍戦略の重大な変貌です。それは、中国海軍の艦隊の近代化にも顕著に表れています」

「どういったことが顕著に表れているというのかね？」

浜崎首相は興味を抱いた。

「アメリカ第七艦隊に対抗できるような空母艦隊の創設です。中国はすでに空母『遼寧』を運用していますが、これは練習空母とでもいうべきものです。つまり『遼寧』で空母要員や艦載機の訓練を行った。いまでは中国は2隻の本格的な攻撃型空母を保有して、その運用を開始しており、来年には、さらに3隻目の空母を持つことになりましょう。中国海軍には東海、北海、南海の3艦隊がありますが、いずれも、1隻ずつ本格空母を持つ体制なのです」

河原端統合幕僚長は一息ついてから続けた。

「中国海軍は同時に、ミサイル護衛艦やミサイル・フリゲートの建造や近代化改修を行なっていますが、これは単に個艦防御能力を向上させるためだけではない。欧米海軍式の近代的な艦隊防御のシステムを導入して、従来弱点とされていた電子戦や対艦、対潜、対空戦闘能力も飛躍的に改善しつつあります。これは空母艦隊を運用する上で不可欠なことです」

国防会議の出席者たちがざわめいた。

「空母艦隊を使って、中国は何をやるつもりなのかだな」

浜崎首相は唸るようにいった。河原端統合幕僚長はうなずいた。

「軍事的な観点でいえば、次は東沙諸島が危ないでしょう。」

「東沙諸島か」

「中国は、太平島攻撃は海軍と空軍を使ったが、今度はさらに戦略ミサイル部隊の第2砲兵隊を使用すると思われます」

「ミサイル部隊を使うというのかね？」

「そうです。ＩＲＢＭ中距離弾道弾を使用して、東沙の台湾軍を叩き、台湾政府に軍事的威圧を加えるでしょう。中国は台湾のいかなる場所もＩＲＢＭで叩くことができると。それから、恐らく太平島攻撃同様に、台湾本島攻撃の実戦訓練を兼ねて、強襲揚陸艦や戦車揚陸艦を使用すると思います」

「訓練を兼ねて、脅そうというわけか」

「実際、太平島のような小島なら、強襲揚陸艦1隻で十分なのに、戦車揚陸艦を3隻も動員し、実際に戦車十数輌を上陸させています。あれは明らかに本島上陸のための実戦訓練だったと思われます」

浜崎首相は頭を振った。

「それでも台湾がまだ独立を志向したら、本当に中国は台湾侵攻をするというわけだね」

「そうなりましょう。ただし、台湾侵攻には段階があります。犠牲を少なくするため、まずは中国は台湾の封鎖にかかるかと」

河原端統合幕僚長は確信に満ちた声でいった。

「台湾封鎖だと？　台湾を軍事封鎖するというのかね」

「そうです。台湾を完全に軍事封鎖して、兵糧と補給を断てば、中国軍が何の手出しをせずとも、台湾は三、四ヵ月で陥落するかもしれません。陥落しないまでも、十分に弱らせたところで本格的侵攻をすれば、台湾を降伏させるのは容易だと思います」

「しかし、中国海空軍には、そんな封鎖能力があるのかね？」

「あります。中国海軍は旧ソ連艦隊の影響を受けており、多数の攻撃型潜水艦を保有しています。その数は約１００隻以上で、現在、米に次ぐ第二の潜水艦保有大国です。

その約100隻のうち半数は旧式な通常型潜水艦ですが、最近はロシア製のキロ級や、中国版キロ級潜水艦を保有しているのが分かっています。このキロ級潜水艦は無音性が高く、我が自衛隊も探知がかなり難しい高性能潜水艦です」

「なるほど」

「注目すべきなのは隻数こそ少ないが、ＩＳＢＭを搭載した戦略原潜を2隻以上、さらに攻撃型原潜を6隻以上持っていることです。原潜は、何ヵ月も浮上せずに潜航できるのが特徴です。キロ級やこれら原潜の強力な潜水艦戦力によって台湾の周辺海域を封鎖すると思われます」

浜崎首相は憮然としていった。

「そんな事態が起こったら、アメリカが黙ってはいないだろう？」

「果たして、アメリカ軍が台湾を支援するかどうかは疑問です。中国は台湾封鎖を行う場合、台湾との軍事紛争は純然たる内政問題であり、外国勢力の不当な介入は内政干渉にあたると宣言するでしょう。もし介入すれば、中国は即国連安保理に提訴するに違いない。そうした中国に対して、アメリカは軍事介入するとは思えません」

「統合幕僚長、中国が台湾を軍事封鎖するとなったら、我が国の船も台湾海峡やバシー海峡を航行できなくなるということになるのかね？」

「その通りです。中国は両海域を戦争海域に指定して、台湾を支持する国の船は一切シーレーン通行を許さないでしょう。中国は台湾封鎖と同時に、敵対国に対して、南シナ海の安全航海も保障しないでしょう。そうなると、台湾に同情心を持つＡＳＥＡＮ諸国もまた、中国の軍事力の脅威に晒されることになる。我が国も中国から軍事的圧迫を受けることになるでしょう。長期にわたれば、存立危機事態になるでしょう。そうなった場合、我が国は中国を支持して安全を得るか、あるいは台湾を支持し、中国と戦争をするかの選択を迫られることになるでしょう」

閣僚たちはどよめいた。

浜崎首相は唸った。

「ううむ。そうなったら厄介なことになるな」

栗林防衛相は眉根をひそめながらいった。

「いま統合幕僚長が説明したように、ここで対中国政策を見直しておかないと、我が国はとんでもない状態に追い込まれてしまうだろう。防衛省としては、政府に態度をはっきりしてほしいと要請したい」

「どういうことかね？」

浜崎首相は栗林防衛相を見た。

「これまで通りに中国政府の支持を堅持するのか？　それとも、台湾政府を民主国家として承認し、その独立を支持するのか？」

「難しい選択だな。いまの中国政府を支持することは、軍事大国を目指す中国を支持することになる。そして、民主台湾を見捨てることになる。かといって反対に台湾を支持すれば、自動的に中国を敵に回すことになる」

浜崎首相は苦悩に満ちた表情で頭を振った。青木外相が言葉を挟んだ。

「同盟国アメリカが、どちらを支持するのかも重大問題ですぞ。わが国の外交は、日米関係を基軸に据えて進めてきた。そのアメリカが、もし台湾を支持した場合、わが国はさらにもう一つの選択を迫られることになる。アメリカとの同盟関係から、我が国も台湾を支持するのか、それとも日本は中国との関係を重視し、アメリカから離れ、独自の道を歩み出すのか？　あるいは、逆にアメリカが中国を支持した場合を想定して、日本はアメリカと一緒に中国を支持するのか、それともアメリカから離れて独自の立場から台湾を支持するのか？　いずれが日本の国益に最も良い選択なのかが問われる」

それまで黙っていた紺野国土交通大臣が重い口を開いた。

「第三の道があるのではないですかな」

「ほう？　どんな道があるというのです？」

「国連外交を忘れてはいませんか？　中国ともアメリカとも組まずに、中立を宣言する。国連を重視して、わが国は中立の立場から、中国と台湾の間に立って和平を仲介する。アジアの平和と安定に寄与して独自の道を進む。それこそ平和国家日本の進むべき道ではありませんかね」

紺野国土交通大臣は悠然とあたりを見回した。栗林防衛相が反論した。

「紺野大臣が昔からの平和主義者であり、その理想としているところは分かりますが、果たして中国、台湾双方が日本の仲介を受け入れるでしょうかね？　どんな喧嘩もそうだが、仲介者が弱くては仲介にならないものです。アメリカが国際社会で強い発言力を持っているのは、経済力と強大な軍事力があってのこと。アメリカの核の傘を離れた日本が、いくら金の力をちらつかせても、決して相手はいうことを聞かないでしょう。軍事力の小さな我が国は所詮、大国ではないのです」

「国連があるじゃないか」

「国連は、いってみれば、張り子の象。図体はでかいし、見た目の力はありそうだが、実体がない。国連は世界連邦のような国家を超えた執行機関や行政機関ではないのです。国の寄り合い所帯で、話し合いの場にすぎない。確かにＰＫＯやＰＫＦがあるが、それらは現実に紛争を阻止する力は持っていない。国連の理想を否定はしないが、国連の現実を見ずに国連の幻影に頼ることは危険ではないですかな。紺野大臣の意見に百歩譲ったとして、もし日本が平和の仲介者になるためには、それなりの独自の軍事力を持たなければならないでしょう。それも誰にも頼らずに済み、相手も恐れるような強大な軍事力を持つしかない。たとえば、我が国が核武装すれば、中国も台湾も我が国の仲介を不承不承にでも聞くかも知れない。聞かなかった場合は戦争になる危険があるが」

「わしは、そんなことはいっていない！」

紺野国土交通大臣は声を荒らげた。

「しかし、つきつめれば、そういうことになるではないですか！」

栗林防衛相も負けずに語気を強めた。浜崎首相が二人の間に割って入った。

「まあまあ、議論はそのくらいにしてくれ。現実に戻ろう。早急に対処すべき問題がある。そうだね、青木外相？」

青木外相は手元の資料に目を通しながら返事をした。

「はい。そうです。いまの議論とも関係があるのですが、台湾の王学賢総統から、台湾連絡処を通じて、我が国に対して三つの要請が来ています。一つは台湾を独立した民主政体として承認してほしいとのこと。もう一つは、今回の中国による、台湾が領有する南沙諸島への不当な軍事占拠に厳重抗議してほしいとのことです。第三に、中国の台湾に対する軍事的威嚇は、国連が保障する平和と民族独立の原則への重大な挑戦であり、日本も中国に対して、しかるべき経済制裁をしてほしいとのことです」

「難題だな」

浜崎首相は口をへの字に結んだ。

「さらに、マレーシア、インドネシア、フィリピン、ブルネイの四ヵ国政府からも、それぞれ我が国に対して、南シナ海の平和と安定のために、軍事的支援の要請が届いています。マレーシアとインドネシア、フィリピンは、中国の軍事大国化に懸念を抱き、台湾を加えての東南アジア太平洋安全保障機構を結成しようとしており、我が国にも参加を打診してきています。」

青木外相は顔を上げた。浜崎首相は溜め息をついた。

「日本外交の正念場だな。中国と手を結ぶか、台湾を承認するか、アジア諸国と同盟するか、アメリカとの同盟を維持するか、アメリカとの同盟を解消するか……いずれの道を選んでも、我が国は大乱から免れそうもないな。どうだろう、この問題は国家百年の大計に関わるものだから、ここですぐ結論の出るものではない。だから、官房長官を中心にした国家安全保障会議で至急検討してもらおう。その上で結論を出すことにしたい。」

浜崎首相は、それまで、みんなの意見を聞きながらメモを走らせていた石山誠一内閣官房長官に目を向けた。

「分かりました。至急に会議を招集し、検討します」

石山官房長官はうなずいた。石山は浜崎首相の懐刀である。彼は改新党の若手ブレーンのひとりだった。

ドアが開き、急ぎ足で秘書官が浜崎首相のところにやって来て、耳打ちした。

「総理、アメリカのシンプソン大統領からホットラインが入りました。至急にお話ししたいとのことですが」

浜崎首相は石山官房長官と顔を見合わせた。

「恐らく、中国問題だと思います」

「うむ。だろうな。アメリカは何といってくるか。中国を選ぶか、それとも台湾か？あるいは思いも寄らぬ提案か？」

浜崎首相は席を立ちながら、日本の将来に対する責任の重さが肩にずっしりとのしかかってくるのを感じた。

3

台湾・台北　7月3日　午前10時

小雨が斜めに吹きかけ、街路の路面を濡らしていた。雨の月曜日の朝とあって総統府前の大広場には、乗り付ける観光客のバスもほとんどなく、人気がなく閑散としていた。

広場の向こう側に、ルネッサンス建築様式を思わせる左右シンメトリーの洋風赤レンガ造りの建物が雨に霞んでいた。四階建ての建物の中央に鐘楼のような塔が建ち、広場を睥睨しているかのようだった。半世紀も前に造られた総統府の古い建物だった。建物の前庭に生えた椰子の木が風にそよいでいる。

その総統府を広場越しに斜めに見る形で、台北賓館の前を走る公園路に一台の日本製セダンが路上駐車していた。セダンの運転席には白い麻の背広を着た男が一人、ハンドルの上に新聞を広げ、丸い眼鏡を押し上げ押し上げ、記事を読んでいた。エンジンはかけられたまま、低いハミング音を立てていた。時折、男は唇を歪めて笑ったが、声は外には漏れなかった。

車の窓はしっかり閉められたままだった。そのセダンの前後にも、何台もの違法駐車した車がひっそりと並んでいた。

男は時々、顔を起こし、人待ち顔で総統府の方を見て、また新聞に目を戻した。男が読んでいるページは最近の芸能人のゴシップを満載した芸能欄だった。男は静かに口を動かしガムを噛んでいた。ラジオのアンテナが立っていた。カーラジオは朝のクラシック音楽を流している。

公園路をパトロールしていた中年の警官が駐車している男の車にふと目を留めた。歩みよると車の窓を警棒でこんこんと叩いた。運転席の男は新聞から顔を上げ、警官を認めると、窓ガラスを下げた。

「ここは駐車違反地区なんだけどな。身分証明書を見せてくれないかね」

男は警官に無言で、胸の内ポケットから黒皮の手帳を取り出し、ぬっと突き出した。

一目手帳を見た警官は顔色を変え、慌てて敬礼をした。

「失礼しましたッ」

男は目で早く行けという合図した。窓ガラスが音もなく上がった。また何事もなかったように、新聞に目をやった。

警官は見てはならないものを見てしまったかのように、あたふたとパトロールを止め、足早に公園路から立ち去った。

しばらくすると、新聞の下からコオロギの鳴くような音が聞こえた。男は広げた新聞をハンドルから外した。携帯電話を取り上げ、耳に押しあてた。

『少校ですか?』

「ああ。私だ」

男は低い声で答えた。

『通過しました』

「よし」

少校と呼ばれた男は電話を切った。ついでダイヤル・ボタンを押した。短い発信音が鳴り、すぐに相手が出た。

「用意は?」

『いつでも、少校』

かすれた声が応えた。

「まもなく入る。始めてくれ」

『了解。アウト』

男はそれだけいうと電話をオフにした。

腕時計にちらりと目をやった。ついで総統府の建物を眺めた。男は総統府の正面の通りを走る一台のバンを注視した。バンはゆっくりと総統府の建物を通り過ぎ、宝慶路を折れて総統府の裏手に進んだ。やがてバンは総統府の中庭に通じる出入り口で停車した。警備の警官がバンの運転手をチェックしている。それも数秒のこと、バンは総統府の中庭に走り込んだ。

男は新しい板ガムを取り出し、銀紙を剝き、ゆっくりと口に頰張った。

どこからか、サイレンの音が聞こえた。男は静かに窓ガラスを下ろした。

重慶南路の方角から緊急車輛が通過するサイレンが鳴り響いて来る。

先頭に派手に赤い緊急灯を点滅させたパトロールカーの姿が現れた。その後から屋根に赤い緊急灯を回転させた黒塗りのセダン。そのセダンに先導されたリムジンが二台続いていた。さらにもう一台の黒いセダンがつき、最後尾にまたパトロールカーがいた。リムジンには小さな中華民国国旗と総統旗がはためいている。

二台のリムジンは総統府の正面玄関のアプローチに滑り込み、玄関先にぴたりと停車した。大勢の私服の護衛官たちが走って現れ、リムジンの周りを囲むように並んだ。

やがて護衛官たちの姿がいっせいに玄関の中に吸い込まれるようにして消えた。

男は溜め息をついた。それから、時計を眺め、時間が過ぎるのを待った。

十分ほど過ぎると、広場に何台かの観光バスが走り込んだ。大勢の観光客がバスから降り傘を差しながら、ガイドの後について総統府の建物の方に歩き出した。

その観光客たちの赤や黄や青の傘の群れをかき分けるようにして、長身の男が現れた。レインコートを着ている。車に乗った男はワイパーを何度か動かした。

レインコート姿の男は周囲に目を走らせ、ゆっくりとした足取りで、車に歩み寄った。助手席のドアを開け、何もいわずに体を折ってもぐり込んだ。

「OKです」

長身の男は窮屈そうに助手席に座り、レインコートのボタンを外した。コートの間からウージーマシンガンの銃身が見えた。

運転席に座った男は、新聞をきちんと折り畳んで、後ろの席に放った。ダッシュボードを開き、小型無線遠隔装置を取り出した。短いアンテナを伸ばした。窓ガラスを下げ、アンテナの先を外に出した。電源のスウィッチを入れた。

無線遠隔装置の赤いライトがついた。男は小さなレバーに指をかけ、ONに下ろした。一瞬の間があった。

突然、地鳴りのような音が轟いた。次の瞬間、広場の向かいにある総統府の建物が激しく揺れ出した。建物から猛然と黒煙が上がり、建物の右半分がもろくも崩れ落ちていく。同時に爆発音が空気を切り裂いた。中央の鐘楼が半ばで折れ、映画のスローモーションを見るように白い粉塵をたてて崩壊していった。

悲鳴が上がった。広場の観光客たちはいっせいに地に伏せたり、蜘蛛の子を散らすように八方に走り出した。

総統府の建物は左半分を残して、白煙と黒煙が入り混じった爆煙の中に崩れ去った。やがて粉塵の煙が爆風に煽られて立ち上り、崩壊した建物の残骸を覆い始めた。

男は何の感情も顔に出さずにサイドブレーキを外した。オートマティックのギアをドライブの位置に入れ、ゆっくりと車を出した。

二人の男を乗せたセダンはUターンして、向きを変え、降り頻る雨の中に走り去った。

4

北京　午後3時50分

北京動物園は深い緑の葉に覆われていた。ウィークデイということもあって、あまり人気はなかった。どの檻の動物たちも夏の暑さにうんざりした様子で動きが鈍かった。

弓は劉進の希望で動物園で会うことにしたものの、なんとなく秘密めかしたデートをするようで、後ろめたい気分だった。進が小蘭の恋人でなかったら、どんなに楽しいだろうかとも思う。そんな自分がひどくいけない女のような気がして落ち着かなかった。進に恋をしてしまったのかしら？　弓はジャイアント・パンダの檻の前で、進が来るのを待ちながら、あれこれと考えていた。

恋人同士らしい学生のカップルが、動物たちなどまるで目に入らないような様子で手を握り合い、ベンチに座って話し合っている。檻の前でも肩や腰に腕を回した恋人たちが話している。時たま、子供連れの家族がいるが、たいていは中国人ではなく外国人だった。団体でやってくるのは、地方農村からの観光客らしい。服装がどこかあか抜けてなく、着こなし方で都会人とは違うのが分かる。

「やあ、待った？」

森の小道から、半袖の白いスポーツシャツ姿の劉進が現れた。一昨日、警察で迎えた時とは打って変わった、明るい表情だった。顔の腫れもすっかり引いている。それでも、頬骨や目の回りに青いアザのような打ち身の痕が残っていた。

「この前は、ありがとう。ろくに礼もいわなかった」

「大丈夫なの？」

弓は進の青いアザに手を伸ばした。

「大丈夫。これしき、一週間も経てば消えてしまうものさ」

進はにやっと照れたように笑った。ふと、進は森の小道の方角に目をやった。弓は進の視線の先を追った。二人の私服刑事が何食わぬ顔で立ち止まり、煙草を吸っていた。

「お客さんがいるんだ。当分、仕方がないだろうな」

「歩きましょう」

弓は劉進を誘い連れ立って歩いた。鬱蒼と茂った樹林の中に、さまざまな動物の厩舎や檻が点在している。しばらくの間、弓は黙って歩いた。目の端に刑事たちの尾行してくる姿がちらついていた。

「知っているかい？　台湾で凄いテロ事件があったんだ」

「知らないわ。いつ？」

「昼頃らしい。王学賢総統が爆殺されたって、テレビで報じていた」

「本当？　誰がやったの？」

「分からない。しかし、ぼくの考えでは、中国の特務工作員だと思う。絶対そうだ」

進は弓に体を寄せて、声をひそめて囁いた。弓は進の腕が体に触ったので、びくっとして身を引いた。だが、それと知られないように平静を装った。どうして、こんなに進を意識するようになってしまったのかしら、と弓は思った。

「どうして？　王学賢総統を？」

「王学賢総統は台湾で最も人気のある政治家だ。国民党だけど内省人でね。独立台湾を主張して、初めての民選で多数の国民の支持を得て総統に選ばれた人だ。生かしておいては、台湾併合をするのに都合が悪い人物だと思ったのだろう。中国政府は自国のためとなると手段を選ばない。そういう連中なんだ」

進はさも憤慨したといった口調で悪態をついた。

弓はアフリカの動物たちの柵の前で足を止めた。

「進は動物が好きなの？」

「どうして、そんなことをきくんだい？」

「ここで会おうっていったから」

「動物園なら、怪しまれないと思ったのさ。子供じみているしね。デートのスポットとして有名だし、ユミと会っても不自然じゃないからな」

弓はそうとは分かっていても、少しがっかりした。

「私、子供の頃から動物が好きで、大きくなったら動物学者になろうって思っていたの」

「へえ、そうだったのか」

進は弓の話を聞いても、それ以上興味を示さなかった。

「それで、小蘭から頼まれた話っていうのは何だい？」

進はガゼルやキリンが餌を食むのを見ながらきいた。弓は内心、この唐変木めと腹を立てた。急に進が憎たらしくなった。

「小蘭は地下に潜ったわ」

「そうか。そんなに状況は悪いんだな。誰からも連絡がなかったから心配していたんだ。で、どこへ行くって？」

「上海って」

「上海？　誰のところへ行ったって？」

「あなたも知っている仲間たちのところに行くっていっていたわ」

「まずいな。そういっていたのかい？　本当に？」

「嘘じゃないわ。その仲間たちを再組織して、武装闘争をはじめるんだと」

進は考え込んだ。突然、進は弓の腕に腕をからめた。弓が驚いて身を固くするのも構わず、ぐいぐいと弓をひきずるようにして歩いた。振り返ろうとすると、進は鋭い声で命じた。

「振り返らないで。やつらに聞かれたら、ユミもぼくも大変なことになる」

弓は進に連行されるようにして歩いた。虎の檻の前に来て、ようやく進は腕の力を緩めた。

「それから、他に何かいっていなかったかい？」

弓は檻の中を行ったり来たりしている虎を眺めながら、小蘭の話を思い出そうとした。

「広州の仲間の支援を受けて武装闘争をするって」

「まずい、連中は仲間じゃないんだ。ぼくは連中は危険だといっておいたのに」

進は苛々した顔をした。

「それから、こんなことも、もうテロで対抗するしかないって。いずれこの国は内戦になるともいっていたわ」

「やつらに利用されるだけだ。止めに行かなければ小蘭や仲間たちみんなが大変なことになる」

「どうして？」

「相手は危険な連中なんだ。彼らは香港マフィアなんだ。確かにぼくの知り合いではあるけど、やつらは金や利権のためなら平気で、人を裏切る連中だ。まして広州の連中は、仲間の顔をしている敵だ。連中の支援を受けたら、利用されるだけだ」

「上海へ行きましょう、それで小蘭を捕まえて話をしましょう。すぐに…」

「シッ」

進は弓が大声を出しそうになったので、強く腕を握った。弓は痛さに顔をしかめた。弓はちらりと刑事たちに目をやった。刑事たちは少し離れた所で、弓と進をさりげなく見張っていた。

「俺一人で行く」

「私も行くわ」

「危ないんだ。ユミをそんな目に遭わせたくない」

「一人でも行くわ」

「行ったって、誰も知り合いがいないのだろう？」

「いるわよ。上海には三番目の兄がいるんだもの。」

「何をしている?」

「フリーの通訳。結構、上海には友人が多いって威張っていたわ。兄なら、きっと助けてくれるわ。兄も民主化運動を支持しているわ」

最後の言葉は嘘だった。兄の賢はノンポリで、政治にはまったく興味のない自堕落な男だった。妹の立場としては、情ないことだが、兄は女たらしの遊び人だった。だが、弓には兄を宥めすかしてでも手助けさせる自信があった。

「助けてくれるかな」

「もちろんよ。男っ気のある兄だから」

男っ気のあることは確かだった。そのために、会社を首になったくらいだから、と弓は思った。

「ほかに小蘭は何かいってなかったかい?」

弓は預かった手紙を思い出した。だが、刑事たちの見ているところで、手紙を渡すことはできない。弓は思い切って進の腕に手を回した。今度は進がびっくりして腕を引っ込めようとした。

「行きましょう」

弓は強引に進を引っ張り、体を進に押し付けながら歩いた。刑事たちが疑わしそうな目付きで後をつけて来る。弓は体で隠したバッグから小蘭の封書を抜き出した。進は弓が何をしようとしていたのかが分かって、素早く封書を受けとると、スポーツシャツをたくしあげ、ズボンのベルトに挟み込んでから、シャツで隠した。

「ありがとう」

進はささやいた。弓は小蘭に軽い嫉妬を覚えた。

悪いやつ！　弓は自分の頭をこつんと叩き、進の腕を放した。

5

北京　7月3日　1600時

総参謀部作戦会議室は議論や哄笑で沸きに沸いていた。

クーラーがかかってはいるが、若い参謀幕僚たちの熱気が勝っているため、会議室はむっとする人いきれで充満していた。

台湾の王学賢総統爆殺のニュースが、彼ら参謀たちを一挙に楽観論に導いてしまったのだ。敵の総大将がいなくなったことで、台湾の分離独立の機運はだいぶ弱まるに違いない。これで台湾政府には国民をまとめる最大の指導者がいなくなり、国民は浮き足立つはずだった。

劉小新も、これで勝利が一歩も二歩も近付いたと思った。

台湾を併合すれば、否が応にも民族統一の機運は盛り上がり、中華民族の意気は上がるだろう。そうなれば中華人民共和国はアメリカに伍する超大国にのしあがる第一歩を歩きだすのだ。誰が王学賢総統を爆殺したかは分からぬが、恐らく台湾にも中華民族統一を望む愛国の士はいるに相違ない。幸先がいいと、劉は同僚の郭中校と喜び合った。

「さて、同志諸君、静粛にしてくれ！　休憩は終わりだ。会議を再開する」

議長の楊大校がテーブルについて会議再開を宣言した。陸海空から選抜された劉小新中校ら三十人の作戦参謀幕僚たちはそれぞれの席につき、議長を注目した。議長の脇に作戦部長の秦平少将が座っている。なぜか秦部長はいつになく浮かぬ顔をしていた。その右隣に海軍の周大校、陸軍の賀大校、空軍の何炎《かえん》上校（大佐）など知謀の参謀幕僚が居並んでいた。いままでは総参謀部の幕僚全員が民族統一救国将校団のメンバーで占められていた。

救国将校団と意見を異とする作戦参謀もいたにはいたが、自ら総参謀部を辞任して、去ってしまったのだ。会議室は静まり返った。

作戦部長の秦少将は大声でいった。

「はじめに注意しておくが、王学賢がいなくなったといって、いささかも状況は変わったわけではない。むしろ敵の指導者の考えが分からなくなっただけ、敵の動きが不明になったとさえいえる。今後の作戦展開に、少しも気を緩めるようなことがあってはならないので釘を刺しておく」

「はいッ」

参謀たちは、声を揃えて、いっせいに返答した。

「引き続き、東光作戦の検討を行う。作戦主任参謀・黄上校。意見を続けたまえ」

黄子良上校は立上がり、壁にかけた東沙群島の海域図を長い竹で差しながら、説明をはじめた。

東光作戦。これは南沙諸島解放作戦の南光作戦についで提起された東沙群島解放作戦だった。

黄上校はこれまで指摘された作戦の問題点に触れて、反論を行っていく。問題は東沙群島解放作戦を、次の段階の台湾海上封鎖作戦に、どう結び付けていくかの点にあった。

しかし、若手参謀の中には、そうした段階的作戦を好まず、手ぬるいと批判し、東沙群島などは金門・馬祖島を放置したまま、敵の本丸である台湾本島に直接ＩＣＢＭ攻撃を行い、外には海上封鎖作戦を展開して、アメリカ、日本を牽制する。そして台湾本島の内部での敵の分裂を誘い、その分裂に乗じて上陸作戦を敢行すべし、という勇ましい正面攻撃論を主張する者が多かった。

黄作戦主任は、そうした本島正面攻撃論に対して、やんわりと批判しながら、段階的島嶼解放作戦の積み重ねで、戦略的な勝利を得られると反論したのだ。劉小新も、黄作戦主任の戦略を支持していた。

「敵にとって、東沙群島は補給線の長く伸びた島嶼基地である。その群島に派遣されている敵の勢力は、当然南沙諸島太平島よりも多く、陸軍1個師団が駐屯しているほか、海軍艦艇十数隻が哨戒し、空軍作戦機数十機が航空支援を行う態勢にある。こうした敵に対して、わが陸海空三軍と第2砲兵が量的にも質的にも敵を圧倒して、三次元的な連携連続攻撃を行い、近代戦をどう戦い得るかの試金石とすべきだと考える。そうした実戦での教訓を得ることなしに、台湾本島攻略作戦を敢行するのは、将来起こり得る日米両国やインド、欧州諸国との近代戦争に備えることにはならない」

黄作戦主任は若手参謀幕僚たちを見回した。

「孫子の優れた兵法にも、こうした記述がある。『勝兵は先《ま》ず勝ちて而《しか》る後に戦いを求め、敗兵は先ず戦いて而る後に勝ちを求む』と。勝つ軍隊は先に勝利する条件を整えた上で戦い、負ける軍隊は戦いを始めてしまってから勝つ算段を考えると。こうした教訓は現代の戦争にもあてはまるものだ。戦いの本質は、昔も現代も変わらない」

郭中校がにんまりと笑い、劉小新に得意気に囁いた。

「俺が、主任に孫子の兵法を読むように勧めておいたんだ。さっそくこんなところで使うとはな」

劉が孫子の兵法を学んだのは国防大学の戦史教養課程でのことだった。その時には、こんな古臭い兵法が近代戦に使えるはずがないと思ったが、いまになってみると、確かに戦いの本質と戦略の基本が孫子にすべて含まれていることが分かった。そのため劉もまた郭中校に勧められて読み直した口だった。

「孫子はこう説いている。『兵法は、一に曰《いわ》く度《たく》、二に曰く量《りょう》、三に曰く数《すう》、四に曰く称《しょう》、五に曰く勝《しょう》。地は度を生じ、度は量を生じ、量は数を生じ、数は称を生じ、称は勝を生ず。故に勝兵は鎰《いつ》を以《もっ》て銖《しゅ》を称《はか》るがごとく、敗兵は銖を以て鎰を称るがごとし』と。これを現代的に解釈すれば、こうなるだろう。用兵の法はつぎのごとし。『地は度を生じ』とは、まず戦場の地形をどう利用し、判断するかにある。『度は量を生じ』とは、その戦場の地の利に対する判断を根拠に、その空間に収容する量が決定されることだ。『量は数を生じ』は、戦場の容量を根拠にして、そこに投入できる軍勢の数が決定される。『数は称を生じ』は、敵味方双方の投入可能な軍勢の数を根拠に、その彼我の実力を比較する。そして、『称は勝を生ず』は、その彼我の実力の比較から、勝敗の帰趨をあらかじめ判断することができる、と説いているのである。

すなわち、勝つ軍隊は鎰（重さの単位、銖の24倍）で、銖（鎰の24分に1）に対するようなもので、絶対的優勢の位置に立っている。現代の度量に置き換えれば、24トンの戦車で1トンの軽車両を蹂躙するようなものだ。反対に負ける軍隊は銖で鎰に対する、つまり1トンの車で24トンの戦車に歯向かうようなもので、絶対的劣勢の地位に立っている。

そこで同志諸君、これを台湾解放作戦において考えてみよう。まだわが軍は数量ともに敵台湾を圧倒していることは周知の事実である。だが、それは質的な戦力差を考えていない。私が質的な彼我の戦力差を量に置換して試算したところ、我1に対し彼10と出た。それだけわが軍は近代化が遅れているのだが、その戦力差の比を考え、さらに台湾を攻撃する際の戦場海域、空域の容量を考えに入れると、台湾軍はまだわが軍を上回る優勢を保持している。局地的にはわが軍は圧倒的に劣勢だ。それを挽回するには、敵を消耗戦に引き摺り込み、彼我の戦力比を逆転させる必要があると判明した。

そのためにも、東沙諸島作戦が必要なのだ。くり返すが東沙群島作戦の彼我の戦力比は圧倒的に我に有利である。負けるはずがない戦いである。だからこそ、まず敵の未知数の質的戦力を計るためにも、東沙諸島作戦を戦う必要があると認識してほしい。

孫子曰く。『勝者の民を戦わしむや、積水を千仭の渓谷《たに》に決するがごときものは、形なり』

勝利する者が軍勢を指揮して戦う時は、たまった水を千仭の渓谷に切って落とすように勢い当たるべからざるものがあるもので、それは要するに形、すなわち態勢にあると。東沙諸島攻略作戦の勝利を得たならば、その時こそ、後は一気呵成に突っ走るのみ。以上だ」　黄作戦主任の発言が終わった。いっせいに割れるような拍手が起こった。

「私は作戦部長として、黄主任の作戦を支持することにしたい。異論はないか？　あればいまのうちに発言を許可する」

　秦少将は参謀たちを見渡した。劉小新もみんなを見回したが、みんな異存はなさそうだった。

「作戦開始日時は、一週間後の０４００時。これは極秘だ」

　みんなはどよめいた。南沙諸島解放作戦が勝利裏に終わった余韻がまだ収まらぬうちに第二弾の作戦が開始されるからだった。

「第三段階の作戦案起草班は、引き続き鋭意作戦策定に全力をあげよ」

　秦部長は班長の賀上校、周大校、何大校に目を向けた。劉小新は心が躍った。劉小新もまた台湾海上封鎖作戦の最終段階の陸戦を担当していた。

「そのためにも、実地に担当参謀は敵の戦法、戦力を見学し、後の作戦戦略策定に役立てるように」

　連絡下士官が急ぎ足で会議室に入ってきて、秦作戦部長に耳打ちした。秦少将は苦笑いを浮かべ、隣の楊大校に何ごとかを告げた。

　楊大校は顔を一瞬曇らせた。

「諸君に悪い知らせだ。先程、台北電子台が臨時テレビ放送を流した。それによると、王学賢総統は健在だということだ。爆殺事件は失敗に終わった。王学賢総統は元気でぴんぴんしているそうだ。テレビに本人が登場し、爆破から免れたことを国民に告げている」

会議室はどよめいた。そんな馬鹿な、と劉小新も郭中校と顔を見合わせた。これで喜びも束の間のものとなった。

秦少将は不敵な笑みを浮かべていった。

「同志諸君、むしろ、いい知らせとして敵将の生存を喜ぼうではないか。相手にとって不足はない。いずれ王学賢総統がわれわれの足元に許しを請うて跪く日をこそ、待とうではないか」

劉小新は同志たちと拍手で秦部長に応えた。

6

台北・行政院　7月4日　午後6時

王学賢総統は行政院の院長執務室の窓辺に立ち、中山南路越しに、崩壊した総統府の方角を眺めた。

雨に濡れた中山南路にはいまも救急車や緊急車両が行き交っている。街の至る所に軍隊が出動し、総統府や高等法院、さらにはここ行政院や監察院、立法院、裏手にある台湾省警務處などが集中した地域を封鎖した。

いまでは特別な許可なしには、何人たりとも、この地域に立ち入れない。事実上の非常戒厳令を敷いたようなものだ。

それにしても、いったい誰が総統府の中庭駐車場に爆弾を仕掛けたのだろうか？

捜査当局の推定では、問題のバンにはＴＮＴ火薬にして約５００キログラム以上の強力な爆弾が仕掛けられたとしている。

その爆発のために、総統府の建物のほぼ右半分以上が倒壊してしまった。これまでのところ、確認された死者は112人。負傷者140人以上に上る。

行方不明者推定300人以上で、崩れた瓦礫の下には、いまなお彼らが生き埋めになっているのだ。

現在は軍隊が出て、必死の救出活動をしているが、雨のせいもあって作業はなかなかはかどらなかった。

王学賢は胸に去来する怒りの感情を抑えるのに必死だった。

それにしても、運がいいと王学賢は神に感謝した。自分が助かったのは、本当に僥倖な偶然だった。

いや、その偶然こそが神の配剤だったのかもしれない。すべては神の計画の内なのだろう。

爆発の直前、執務室にいた王学賢は秘書官の持ってきた書類に目を通しているうちに、ある所用を思い出したのだ。

総統府図書館に収められている歴史資料の一つで、国民党と中国共産党とのいわゆる国共合作の秘密史料がある。それに目を通す必要があった。その中に、今日の台湾・中華民国が共産党を相手に交渉をする際の歴史的な教訓が記されているのを、思い出したからだ。

王学賢は秘書官と一緒に、自ら図書館に出向いて閲覧室に入り、係官が史料を運び出してくるのを待っていた。

その時に執務室のある側の建物が大爆発とともに崩落したのだ。初めは地震による倒壊かと思った。王総統は秘書官と床にひれ伏して地震が治まるのを待った。しかし、倒壊が治まり、廊下に出て見た惨状は言葉には言い表せないほど衝撃的だった。

王学賢は直ちに秘書官と一緒に階下に降り、瓦礫の山になった中を夢中で駆け巡り、瓦礫の下に埋まった生存者たちの救出に全力を上げた。

その時の混乱で世界に王学賢総統爆殺のニュースが駆け巡ったらしい。

それと知ったのは、負傷者を運んで近くの病院に行った時であった。

病院の医者の一人が、埃まみれ血まみれの王学賢に手当てをしようとし、初めて死んだと報じられている王学賢本人だと気が付いたのだった。

もし、あの時、史料のことを思いつかず、思いついても後回しにしたり、あるいは自ら図書館に足を運ぶことをしなかったら、私も多くの犠牲者と同じように、いまも瓦礫の下で苦しんでいたかもしれない。いや、きっと死んでいただろう。自分一人を殺すために、何百人もの人間を巻き添えにした犯人がどうしても許せなかった。

いったい、誰が私を殺そうと、あのような大量の爆弾をしかけたというのだろうか?

これは独立台湾を目指す私を抹殺し、その多くの国民の願いを封殺しようという白色テロに違いない。テロの犯人が誰なのか、誰が私の死を望む勢力なのかは容易に想像がつく。私を殺して、歴史を一時的には遅らせることができても、歴史の大勢を変えることができないことを、なぜ彼らは悟ろうとしないのか？

こうした妨害をせざるを得ないほど敵は追い込まれているのに相違ない。むしろ、この爆弾事件によって、私の決意はよりはっきりしたといえる。

こうなれば、最早誰に遠慮する必要があるだろうか？

私は今度こそ明確に台湾独立の旗色を鮮明にし、堂々と民主国家台湾を世界に訴えて、承認を求めよう。

それが、一瞬にして爆殺された人々に対する責任というものであろう。

「総統閣下。会議室に関係閣僚と軍指導部が集まりました」

楊行政院院長が背後から声をかけた。王学賢総統はふと我に返り、楊院長に顔を向けた
楊院長の傍らに張尚武安全保障問題担当特別補佐官が立っていた。

「補佐官、私は決心したよ。どうやら、きみの戦略を実施する時が来たようだ」

「そうですか。覚悟をお決めになられましたか。分かりました。私は最後まで総統にお伴します」

「よろしい、早速、国家安全保障会議を開催しよう」

王学賢総統は楊院長と張補佐官に案内されて、院長執務室を後にした。

会議室に集められた閣僚と軍参謀部の将官たちは、固唾を飲んで、王学賢総統が発言するのを待ち受けていた。王総統はいつにない険しい表情で議長席に座り、全員をゆっくりと見回した。

王総統は厳かに口を開いた。

「私は、ここに中華民国憲法にのっとり、台湾独立を宣言する。台湾は最早、中華人民共和国の一省でも一地方でもない。台湾は世界に誇れる民主国家である。そのことを先の総統民主選挙は世界に証明した。私は台湾国家の総統として、誇りをもって台湾の独立を宣言したい。」

会議室はどよめきの声で満ちた。溜め息と感激の声が入り交じり、老政治家の中には感涙する者もいた。

「台湾は台湾であり、中国ではない。中国とは別の主権国家である。私はあえて本土中国の中共独裁政権について非難しようとは思わない。われわれも台湾の問題について中国政権にとやかく干渉されたくはない。

あくまで中国が我が台湾を領土の一部として占領しようとした場合には、国を挙げて徹底抗戦する。私は台湾独立を防衛するためには戦争も辞さないという決意である。

思えば、我が台湾はれっきとした主権国家だったにもかかわらず、われわれもまた

『一つの中国』の呪縛に囚われ、これまで本土・中華人民共和国に対して、優柔不断な対応を繰り返してきた。我が方の台湾、中華民国こそが『一つの中国』の主役であるという幻想にしがみついていたのである。

だが、これからは違う。われわれは独立した台湾として、中国とは異なる主権国家としての道を歩んでいきたい。中華民国の名も捨て、正式に台湾という国名にする。主権国家台湾として、自由と民主と平和を愛する世界の民主国家に、心から善隣友好を訴えるとともに、我が台湾が民主国家として国際社会で受け入れてくれることを願いたい。

そのため、我が台湾国は直ちに国際連合に新規加盟を申請したい。我が台湾国は国際連合規約のすべてを遵守する用意があることを、ここに宣言し、加盟することによって生じるすべての義務を果たす用意もあることを明言したい」

会議室は拍手の嵐に包まれた。

「総統万歳！」「独立台湾万歳！」の歓声が上がった。

王総統は両手で人々を制した。

「楊院長、鄭外交部長、直ちに国連事務局長に特使を送り、加盟申請の手続きを取り給え。さらに近隣諸国にも特使を派遣し、我が台湾の国連加盟を支援してくれるように依頼するのだ」

「分かりました。早速、特使を人選して手配します」

鄭外交部長が興奮した面持ちでいった。

「特に日本とアメリカには、きみたち自身が乗り込んで、相手政府説得に全力を挙げてほしい。本当なら私自身が乗り込んであたりたいところだが、私の留守の間に中国が何をしかけてくるか、分からない以上、私は台湾を留守にはできないだろう」

「分かっております。アメリカには私が行きます。日本には外交部長に乗り込んでもらうことにしましょう。」

楊院長は鄭外交部長とうなずきあった。

「我が国を承認してくれるフィリピン、インドネシア、ブルネイ、マレーシアには、すぐに大使を送り、彼等の提案した東南アジア太平洋安全保障機構に賛成の意向を伝えてほしい。そして、同機構設立前にも、五ヵ国だけでもいいから、東南アジア共同防衛協定を結び、南シナ海の権益を共同防衛しようと呼び掛けてくれ。それから、ロシアだ。鄭外交部長、ロシアが密かに我が国に経済協力を申し入れて来ていたね」

「はい。確かに」

「ロシアに国連加盟承認を条件に、経済協力関係を強化する申し入れをするんだ」

「ロシアと手を結べば、中共は仰天するでしょうな」

「場合によっては、ロシア海軍の寄港を許可してもいい。ともかく、派手にロシアとの国交回復が行われそうだと、思わせるようにしてくれ。そうそう、我が国に好意的なフランス、イギリスなどにも、特使を送ることを忘れずにな」

　王総統は、こうした一連の外交戦略の立案者である張尚武安保問題特別補佐官と顔を見合わせた。

「経済部長、きみは台湾資本の大陸引き揚げを訴え給え。かなりの資本や工場が中国に没収されるだろうが、多少の損害は止むを得ないだろう。税制優遇措置などで損害を出した企業には手当てをしたまえ。大陸への旅行は全面禁止にするんだ」

　王学賢総統は、ついで軍首脳を見回した。

「きみたちには台湾の国運がかかっている。最早、戦争は不可避な事態になっている。そのことは私以上に認識しているに違いない。最後まで、政治外交手段で戦争回避の手は打つが、中国は聞く耳を持たないと思われる。全力を挙げて、我が台湾を守って貰いたい」

「全力を尽くします。台湾国総統閣下」

　徐国防長官が軍を代表して応えた。

　陳参謀総長をはじめ居並んだ陸海空三軍の幕僚長や司令官たちは真剣なまなざしで、台湾国家への忠誠を誓った。

「楊院長、後のことは、きみたちで検討してほしい」

王学賢総統は国家安全保障会議を彼らの論議に任せることにした。

会議は、楊院長と徐国防長官を中心にして、細かな政策についての検討に入った。

いよいよ、戦いが始まるのだ。

王学賢総統は会議を抜け出し執務室に戻ると、ひとり窓辺に跪き、静かに頭を垂れて神に祈りを捧げた。

天にまします全智全能の神よ、願わくば、われらが台湾の国と国民を守りたまえ。

本書は、一九九五年七月より学習研究社から刊行された『新・日本中国戦争』をもとに、文庫化にあたり、あらたに2021年版新編としてつくりなおしました。

本作品はフィクションであり、実在の個人・団体などとは一切関係がありません。

文芸社文庫

新編 日本中国戦争
怒濤の世紀 第一部 中国異変

二〇一五年八月十五日 初版第一刷発行
二〇一六年七月二十五日 初版第二刷発行

著 者 森 詠
発行者 瓜谷綱延
発行所 株式会社 文芸社
〒一六〇‐〇〇二二
東京都新宿区新宿一‐一〇‐一
電話 〇三‐五三六九‐三〇六〇（編集）
〇三‐五三六九‐二二九九（販売）

印刷所 図書印刷株式会社
装幀者 三村淳

ISBN978-4-286-16836-4

［文芸社文庫　既刊本］

贅沢なキスをしよう。
中谷彰宏

いいエッチをしていると、ふだんが「いい表情」に。「快感で人は生まれ変われる」その具体例をあげて、心を開くだけで、感じられるヒント満載！

全力で、1ミリ進もう。
中谷彰宏

失敗は、いくらしてもいいのです。やってはいけないことは、失望です。過去にとらわれず、未来から今を生きる――勇気が生まれるコトバが満載。

フェイスブック・ツイッター時代に使いたくなる「孫子の兵法」
村上隆英監修　安恒　理

古代中国で誕生した兵法書『孫子』は現代のビジネス現場で十分に活用できる。2500年間うけつがれてきた、情報の活かし方で、差をつけよう！

「長生き」が地球を滅ぼす
本川達雄

生物学的時間。この新しい時間で現代社会をとらえると、少子化、高齢化、エネルギー問題等が解消される――？　人類の時間観を覆す画期的生物論。

放射性物質から身を守る食品
伊藤　翠

福島第一原発事故はチェルノブイリと同じレベル7に。長崎被ばく医師の体験からも証明された「食養学」の効用。内部被ばくを防ぐ処方箋！